U0667908

（美）林韬 著

王彦达 译

咿咿咿

新星出版社 NEW STAR PRESS

地下有座海豚城。
那里住着海豚、熊和麋鹿。

和史蒂夫通完电话，安德鲁开车去达美乐比萨店。"你迟到了。"马特说，"你被解雇了。收拾好铺盖，给我从这儿滚出去。"比萨店有两位店长，马特是其中之一。另一位被人叫做忧伤店长。

　　安德鲁咧嘴笑了笑。"没问题。"他说。

　　马特瞪着安德鲁。"安德鲁，我再也不想看见你。"马特今年二十五岁，他组了一支乐队，自己担任主唱和吉他手。安德鲁冲他苦笑了一下，然后走到比萨店后台，在打卡系统上签到。他觉得活着没意思。四个送外卖的同事站在他身边。安德鲁没什么可对他们说的。他们住的地方不大，屋顶很低。同事都很和气，其中一个还得过武术冠军。一天深夜，安德鲁的车胎爆了，武术冠军开车过来帮忙。他看起来很友善，还有点儿害羞。但看他的样子，只要他乐意也能干出杀人不眨眼的事。当时安德鲁一个劲儿向他道歉；他觉得过意不去。有一回武术冠军还给他指了一条近路，能省十五秒时间。"谢谢你来帮我。"安德鲁说。武术冠军说他妻子撞过一头鹿，从此再也不开车了。他谈起从前到处参加武术比赛，去过弗吉尼亚州和佐治亚州。"我可不是闹着玩的。"他说。"有一年夏天我也练过武术。"安德鲁说。他们站在一家简陋的杂货店门前，武术冠军忙着换轮胎。安德鲁一直在想武术，鹿和死亡。他既不惊讶也不害怕，就是有点儿无聊。开车回家的路上，他十分专注，满怀感恩之情。回到家，他拍拍自己的狗，给母亲写了封电子邮件。也许他该和武术冠军还有其他送外卖的家伙成为朋友。有一次，他们邀请安德鲁去家里看电视，喝啤酒。我们叫比萨吃。他们一边说一边放声大笑。安德鲁听完也笑了，他想象自己喝醉后伤心地站在角落里，然后低下头往蓄水池里狂吐不止。一整晚，他都在琢磨当时该不该去，说不定挺有趣，哪怕去看个热闹——武术冠军喝醉后没准儿会飞腿踹倒一头鹿，或是别的什么——那之后，他们再也没邀请过安德鲁。

"今天忙吗？"安德鲁问。他心不在焉地朝其他同事看了看，死盯着一个人不礼貌。

4

"这个星期没什么生意。"有人回答。

"记得小孩儿都爱说'太棒了'①吧？"另一个人说，"我打算继续用这个说法。"

"别。"安德鲁说。

"为什么？"

"我也不知道。"安德鲁回答。

另一个店长走过来。他年纪不大，身材臃肿，带了一副眼镜；他就是那个忧伤店长。

"有只麋鹿给了我十块钱小费。"有人说，"我说，'谢谢你，麋鹿。'它回答说：'谢谢你。'真有意思。"

假如没比萨送，你就得叠比萨盒或是接电话。叠盒子相对轻松。大家都叠盒子，安德鲁也一样。假如这份工作就是成天叠盒子，没准儿大家都会疯掉。人们一边叠盒子一边尖叫，然后被拉到空地上揍个稀巴烂。有时还会爆发流血冲突。史蒂夫本来要去西雅图，却因为上错飞机被弄到了纽约。在机场大叫有点儿招摇。史蒂夫被困机场，心情低落，无家可归；让他借住在你衣橱里吧。萨拉会说，我要和他形影不离，把他当衬衫套在头上，就像戴帽子一样，他的耳朵就是我的耳朵。

---

①前文提到"没什么生意"（slow），说话人由此联想到"slow-mo"（形容"太棒了"的非正式用法）。

"我朋友本来要去看他爸爸，"安德鲁说，"可他跑到纽约去了。"

有人讲了个八卦，说一个家伙跟妓女做完爱吃比萨，吃得太多撑死了。

安德鲁觉得心情平静。"要是打不过别人，就跟他们成为一伙。"他说。安德鲁总能在一些日子里感到平静，就像今天一样。他觉得很奇怪。"谁经历过这种事儿？打不过……然后就跟他们成为一伙？"

"如果不带你玩，就贿赂他们一下。"有人说。

"给他们送点礼。"安德鲁一边说一边苦笑。他低头盯着比萨盒，谁也没瞧。他替比萨盒难为情。他把盒子叠好，苦笑。他再也受不了了。他要用面部表情同人交流，他要真真切切地生活——在一小撮人里大笑；表达感激、焦虑，以及对人、天气和其他事物的反感；让同性和异性都爱自己，喜欢自己，甚至尊敬自己。脸就是干这个用的。一个店长不够，所以需要两个。他们俩要是双胞胎就好了。店长发明出一种尖头儿五角星比萨，大家虽然只字不提，可几乎每晚都会因此做噩梦。最后，双胞胎恶魔煽动一场流血冲突，人们虽然只字不提，可几乎每晚都会因此做噩梦；甚至白天打盹儿时也会梦见。所有人都在叠盒子。这感觉就像大卫·林奇①的电影一

---

①大卫·林奇（1946— ），著名编剧、导演，当代美国非主流电影的代表人物。

样。在曼哈顿时，安德鲁曾经和一个女孩儿看《穆赫兰道》。他们看完电影去吃中餐。她不停说自己很开心。安德鲁喜欢她。"我还想和你出来玩。"在女孩家门口分别时，她对安德鲁说。"好。"安德鲁说。"我会给你打电话。"她说。几个月后，安德鲁在街上碰到了她。可她把头转过去装没看见。她真这么做了？当初她兴致勃勃反复说自己玩得开心，没准儿只是出于礼貌。她是在冷嘲热讽。也许，礼貌和嘲讽没什么两样。有人该写本书，就叫《抵制礼貌》。叠盒子挣血汗钱的同时，安德鲁学到不少实用有趣的东西。我边叠盒子边构思写书。我面无表情但内心丰盈。我叫安德鲁，今年二十三岁。我住在佛罗里达州奥兰多市。与其和有血有肉的人高声争论，我宁愿默默同那些再也见不到的死人交谈。

马特走过来盯着他看了一会儿，又缓缓走开。安德鲁笑了。他喜欢马特。要是让安德鲁拍一部电影，他会安排马特当群众演员，在每一幕场景里出镜，两分钟的预告片中全是他的脸。有一回，马特派安德鲁送比萨。他让安德鲁歪着帽檐，敞开上衣，松开皮带扣，还给他一条自行车链条挂在脖子上。安德鲁照他说的做了，结果点餐客人一开门吓了个半死。安德鲁感到手足无措。客人点了布法罗鸡翅和大份蓝芝士酱，因为东西太多所以耽搁了不少时间。客人的脸涨得通红。两个人谁也没吭声。盛蓝芝士酱的盒子掉到地上，他们眼睁睁看它滚进一个小窟窿，严丝合缝地卡在那里拿不出来了。"怎么样？"马特问。"那人被我吓死了。"安德鲁说。"你是个好伙计。"马特说。

"你骗人。"熊说，"你说的瞎话让我伤心。"

下班后，安德鲁坐在车里听音乐。（"如何找乐子？"）他差不多三个小时没吭声了。他再也不想开口说话了。他想离开这儿，可又不愿意回家。他想建个大树城堡，把萨拉关在里面。马特拿着比萨走出来，叫安德鲁送到乔安娜家，顺便把乔安娜载回去。"别打她主意，我们都盯着呢。"马特说。说话时，乔安娜就站在旁边。"瞧你说的，多让人尴尬。"安德鲁说。"你说什么？"马特问。"瞧你说的，多让人尴尬。"安德鲁重复道。"你说什么？"马特追问。"瞧你说的，多让人尴尬。"安德鲁又说了一遍。马特点了一根烟。乔安娜瞪着安德鲁。她挥挥手。安德鲁也挥挥手。乔安娜坐在安德鲁的车里——一辆本田思域——离他四英尺远。两个人面对面挥手。

乔安娜还在上高中，她在店里负责接电话。她坐在后座。安德鲁觉得自己像个车夫。马特正给安德鲁作培训，他想让达美乐店紧跟时代潮流。取消堂食，引入外卖。安德鲁把车子开出购物广场。就算闭着眼他也能找到乔安娜家。作为男人应该具备敏锐的方位感，在这点上，他十分自信。安德鲁经常读 UFO 方面的书，天一黑他就害怕。每次看到小男孩儿被疯狂购物的妈妈撇下，独自在商场书店"科幻区"坐上好几个小时，安德鲁就替他们难过。他偶尔还会担心外星人会突然出现在家门口。为了克服这种恐惧感，他很想同外星人来一场肉搏；外星人围上来，他就用头把他们撞个稀巴烂——因为他们脑袋太软，整个过程差不多六个小时，可安德鲁怕得不敢动弹，不敢反抗——然后在他们身上打滚。安德鲁开车左转。他不想说话，除非乔安娜先开口。有时，他会和萨拉玩这个游戏。他觉得自己应该不动脑子，口若悬河地讲个不停，把周围人都吓跑。最后被警察抓起来关进监狱。第二天早上，他被放了出来，接着又跑去别人家里大吵大嚷。流血冲突终将来临，无论如何都逃不过。

"前面右转。"乔安娜说，"你应该在刚才那个地方转弯。"

压中线掉头？无论成功还是失败，早已无人问津。安德鲁刚掉过头，就听到交警鸣起警笛。"该死！"乔安娜说。她凑过来看安德鲁的脸，安德鲁也看看她。她的鼻子长得挺好看，还有张樱桃小嘴。（"别打她主意，我们都盯着呢。"）安德鲁扭过头去，把车子停在路边。换作萨拉，她一定会骂警察傻帽儿。绝不能叫警察傻帽儿。

"怎么回事儿？"警察问。他拿手电朝后座上的乔安娜晃了晃。

"他开车送我回家。"乔安娜说，"我是高中生。我们都在达美乐比萨店打工，刚下班。"

手电照在乔安娜脸上。警察瞪着安德鲁。局面有些尴尬，有些复杂。

"我刚掉了个头。"安德鲁一脸苦笑地说。

"因为你掉头，"警察说，"其他下班回家的人可能会被撞死——你害得人家坐轮椅，住医院。小鬼，你脑袋里想什么呢？"警察原本没生气。可现在，他的火气非常大。他管安德鲁叫"小鬼"。

"我知道错了。"安德鲁说。他想到了棉花糖。此时正值十月。"我同事的家人叫了比萨外卖。"他想象自己烂醉如泥拒捕的模样，逃跑时，后脑勺还被枪打开了花。他担心有人在仪表盘下面的储物箱里藏毒。他会和警察来一场肉搏。别轻举妄动，还没到时候。警察走开了。安德鲁用挖苦的口吻跟自己保证说——要他一本正经地发誓简直不可能——再也不随便掉头，即使是合法的。幸好他没在脖子上挂车链子。警察

13

拿着一张一百八十块钱的罚单走回来。"谢谢你。"安德鲁咧嘴笑着说。他打算在法庭上辩解说自己有精神病。警察会说,他看起来的确不太正常。法官会说,他现在咧嘴大笑是什么意思?法庭的心理分析师说,瞧他那一脸苦笑。安德鲁说,我反对资本主义,也抵制资本主义反对派,我在达美乐比萨店打工。丹尼快餐店①女服务生说,他说我反对资本主义。

"要我坐到前面吗?"乔安娜边说边蹿到前排,"我干吗要坐在后座上?警察觉得那是违法的。不过他好像也不确定。"

小时候,安德鲁爱在车里上蹿下跳。妈妈喜欢他这样。安德鲁对乔安娜有好感,可他真正喜欢的人是萨拉。萨拉爱大笑。乔安娜则不,她甚至连微笑都不会。安德鲁看看乔安娜。乔安娜也看看他。安德鲁笑了笑。乔安娜转开头朝前看。她有些慌张。上班时,她一直喋喋不休。没记错吧?安德鲁从没留意过。他放了一首既讽刺又伤感的歌。

她从窗子跳出去

留我独自待在十四层。

真讽刺。还是该算礼貌?这首歌让乔安娜不安。安德鲁想开车撞墙。乔安娜将会痛苦万分。临死前,乔安娜的尖叫

---

①美国大型连锁快餐店。

声会让安德鲁头疼不已。警察一定气急败坏，一边朝树上晃手电，一边议论这场事故。马特会盯着他们看一会儿，然后慢慢转身朝森林走去。萨拉永远不知道发生了什么。她从来不会想起安德鲁，她没给他发过邮件，也没打过电话。虽然安德鲁同样什么也没做，可他几乎每时每刻都在脑海里和萨拉交谈。或许今晚他该给萨拉写封邮件，然后收到一封自动回复。

谢谢您提交的申请，但我们尚无法接受您的作品。由于申请数量过多，我们无法逐一回复。她会告诉安德鲁自己要搬去佛罗里达州了。安德鲁会拍拍自己的狗，提笔给母亲写邮件，之后再给史蒂夫买个礼物。事实上，萨拉根本不会给他回信。他准备躺在地板上，用毯子盖住脸和身子。

乔安娜嘀咕了一句。

安德鲁把音乐声关小。他觉得无聊。"你刚才说什么？"

"这首歌我听过，我姐姐常放。歌名叫《我讨厌自己》。"

"没人听《我讨厌自己》。"安德鲁说。

"我刚说了，我姐姐就听这首歌。"

安德鲁想约乔安娜的姐姐吃晚饭。

"我到家了。"乔安娜说。

和乔安娜的姐姐吃过沙拉，他们会一起听音乐，然后接吻。和乔安娜的姐姐吃完沙拉，他们会避开彼此的眼神。出于礼貌，她向上帝发誓说自己度过了美好的一晚，然后去做测谎实验。她终究不是萨拉。萨拉比她好。萨拉不听《我讨厌自己》。"复杂。""苦笑。"苦笑让人摸不着头脑。谁吃了屎还会笑？乔安娜家的邻居开车从他们右边驶过。安德鲁脑海里浮现出一张哈哈大笑的嘴，这张嘴比他脑袋还大。每当在书里或是电视里看到趣事，安德鲁都会听到这样的笑声，与此同时，他感到自己表情异常平静，好像一只仓鼠。半夜，他偶尔会心跳加速，思维天马行空。他躺在床上看着天花板，感到兴奋、清醒，他搞不懂世间万物为何存在，包括他自己在内。

"你开过了。"乔安娜说，"刚出达美乐你就错过了一个路口，要不干吗要掉头还吃了罚单？"

"你没说要在第一个路口拐弯，我怎么会知道？"

"我说过。"乔安娜回答。

"你绝对没说。"

"我发誓说过，'安德鲁，在这儿转弯。'"

"你没叫过我名字。"

换作萨拉，安德鲁一定会胳肢她。他假装朝左打方向盘，然后望向乔安娜。对方没有看他。有一次，安德鲁开车经过一个小孩儿，他正在便道上骑自行车，安德鲁开近他身边时，小孩儿频频回头朝他看。安德鲁假装猛踩油门，吓得他从自行车上摔下来，掉进沟里。安德鲁讲这个故事时，萨拉听得津津有味。有一回，萨拉骂杜安里德药店①的一个家伙傻叉。萨拉的舌头长得十分可爱，她爱用舌头一下一下舔蓝色冰棒吃。萨拉·提尔斯登。不要想她了，赶紧把乔安娜送回家。

"我准备在那儿转弯。"安德鲁说。掉头。唉，自己又食言了。车里的两个人中，没有前途可言的那个是安德鲁；能想象的是不久后，乔安娜将会上大学，结交许多朋友，建立自己的人际圈，参加社团，然后去公司实习，嫁人生子。安德鲁上大学时成天都在干什么？每个人都马不停蹄地忙活，不是开派对就是嚷嚷着要自杀。安德鲁总跟人说他每天睡十四个小时就够了。他是水球队队员。有一回，他的腿抽筋了，被人拉出了泳池。他疼得全身蜷在一起。教练问："你不回来参加训练了，对吗？"安德鲁回答："我保证会回来。"事后，安德鲁在熟食店碰到了教练，他走上前去对她说："咱们下周见。"可他再没有回去过。安德鲁把音乐声调大，然后换了一首新歌。他想听振奋人心的音乐。可惜一首也找不到。前途无望。一首萨米亚姆乐队②的无比伤感的歌曲传来。

又一个孤独漫长的周末，我不想守在电话旁不知打给谁。

①美国大型连锁药店，主要集中在纽约。
②萨米亚姆乐队，来自加州伯克利，成立于1988年。

我有大把时间思考，思考让我腻味透了，我知道他为什么开枪自杀。

至少歌词还算真诚。安德鲁不懂"真诚"的含义。真诚都是假的。跟乔安娜聊几句吧。再和她姐姐见个面。把乔安娜，她姐姐连同史蒂夫一起杀死。（"杀了我和我的兄弟姐妹。"）提着装满钞票的旅行箱，在镶着钻石的油轮上击掌庆祝。安德鲁替萨米亚姆乐队的主唱难过。这会儿，他没准正在听《我讨厌自己》呢。安德鲁为所有事感到难过，包括没有生命的东西和每一个逝去的瞬间。他曾在自己的房间里录歌；他替那段时光感到难过，一个叫安德鲁的家伙在从小住到大的卧室里录了一首伤感的歌，他轻轻打着鼓点，伴着吉他朗诵了一首诗。他应该把这首歌传到网上，歌名叫《裘帕·希莉》[①]。夜半，她的普利策奖状偷偷溜到大街上，被车轮轧得粉碎。萨拉听了哈哈大笑。史蒂夫也许觉得好玩儿但不会笑出声。乔安娜肯定不会笑。她姐姐也许会（因为她听《我讨厌自己》）。马特会盯着安德鲁看十分钟。每个人都是独一无二的，这念头令人沮丧。全人类都该合成一体，然后把自己打死。安德鲁和乔安娜姐姐两情相悦的概率差不多有百分之二。爱因斯坦说过，上帝不掷骰子。每当听到类

[①] 裘帕·希莉（1967— ），出生于英国伦敦，在美国罗得岛长大，其多篇小说被收入《全美最佳小说集》，曾获欧·亨利短篇小说奖、《纽约客》杂志小说奖等。

似的言论，安德鲁都变得十分平静，脑海中浮现出一句刻薄话："说得太深刻了。"他不想再往前开。今晚干点什么？（"去死吧。""我会的，就在今晚。"）他想开车撞爆一座山，可佛罗里达州没有山。这里也没有萨拉。没有萨拉，没有未来，没有棉花糖。安德鲁没有再想下去。

"你又开过了。"过了一会儿，乔安娜告诉他。

"我马上就转。"安德鲁一边开车一边想：下个路口转弯。我要在下一个路口转弯。院子里堆满了墓碑。他熟练地并到转弯车道上。（"告诉我你干了什么？""我掉了个头。"）"我爱上一个姑娘。"他说，"我该怎么办？"

"我不信。"乔安娜说。

"她叫萨拉。她不给我打电话。我逼她承认喜欢我。她的确喜欢我。可我们太像了。假如你和一个人好，彼此无话不谈，很快，你们就会觉得生命太短暂。我认为这是我们不怎么聊天的原因。你明白我的意思吗？"

"你说得有道理。"乔安娜回答。

安德鲁不假思索地径直向前开。

他心情平静，感觉好些了。

（"我姐姐可比咱们俩郁闷。"）

"你属于被动攻击型人格①吗？"乔安娜问，"你不打给她却希望她主动打给你，就像你对待你妈妈的态度一样。"

"她不是我妈。"安德鲁的妈妈在德国。史蒂夫的妈妈在空难中死了。"我不懂什么叫'被动攻击型'。这说法太老套了。"安德鲁回答。他累了。从今往后该做点什么？"你姐姐多大？"

"我好朋友的表姐叫萨拉。"乔安娜说。

好朋友的表姐。"我不明白你说什么。"安德鲁说。他听到史蒂夫爸爸的尖叫声。"萨拉。"安德鲁默念。人人都该叫萨拉。给狗改名，统一叫"萨拉"。

"说不定我认识她。"乔安娜说，"我记得她的三个表姐都叫萨拉。左转。"她指着自家住的小区说道。"风溪。"安德鲁想象自己和萨拉坐在小溪边，把脚浸在水里。

"我姐姐二十五岁。"乔安娜说，"你问这个干吗？"

安德鲁拐到"风溪"区。"你姐姐应该和我一起组乐队。我和史蒂夫正筹划这件事儿呢。"安德鲁要娶乔安娜的姐姐做妻子。史蒂夫会觉得受了冷落，他打算煽动一场流血冲突。

"阿什莉会弹贝斯。"乔安娜说，"她弹得还凑合。我是

---

①一种人格障碍类型，以被动方式表现强烈的攻击倾向。患者性格固执，内心充满愤怒与不满，但又不直接把自己负面的情绪表现出来，表面服从暗地里却敷衍、拖延不愿合作，虽然常私下发牢骚，却又相当依赖权威。

说，非常好。我不嫉妒她。我也搞不懂刚刚为什么说'还凑合'。她弹得很棒。"

"人人都该叫萨拉。"一只熊在路边浇花，它把胶皮管的水流开到最大挡——简直要把花淹死。安德鲁开车经过时，熊盯着他的脸看。安德鲁本打算斜着瞟一眼，可他还是转过头茫然地朝它看了看。

"我姐姐是个贝斯高手。"乔安娜一边指路一边说。

"我开本田思域是因为钟情于它的外形。"安德鲁说，"我胡说呢。"他想把阿什莉的电话号码要来。可以进你家和你姐姐"相亲"吗？这不太礼貌。保持耐心。等十天。不必处心积虑。十四天过后，以邀请她组乐队的名义把电子邮箱地址要来，然后再跟她要电话号码，编个其他理由请她出来吃晚饭。十四天后，煽动一场流血冲突。在西雅图的大雨中，这场血腥屠杀以一场迷你高尔夫球赛告终，史蒂夫爸爸的胳膊断了。阿什莉今年二十五岁，可能被和平队[①]派去乌兹别克斯坦工作。安德鲁二十三岁，他也应该加入和平队。他和萨拉本来计划去加那利群岛[②]度假的。安德鲁不知道加那利群岛在什么地方。主意是萨拉提的。他俩有一肚子想法和打

---

①和平队成立于1961年，主要使命就是以志愿者的方式，向第三世界国家提供教师、医生、护士和各种技术人员。
②位于非洲西北部的大西洋。

算。他们曾经一起爬树。安德鲁把乔安娜送到家门口，看她拿着比萨饼朝院子里跑，然后跨过树桩进到房子里。她本可以从树桩边绕过去的。她像小羚羊一样蹦蹦跳跳的，真有意思。原来这样就能让你高兴。安德鲁坐在车里，觉得无聊和讽刺。他准备离开这儿。这时，乔安娜朝他飞奔过来。安德鲁有点儿纳闷。她敲敲车窗。莫非要请他进去和阿什莉"相亲"？安德鲁摇下窗户。乔安娜咧嘴笑。是苦笑？不，那是个再普通不过的微笑。她把比萨钱递给他。"谢谢你，安德鲁。"说完便跑掉了。坐在车里，安德鲁想象自己来到了加那利群岛，他和萨拉坐在用棉花糖做的充气筏里顺流而下。这时，一只熊从乔安娜家跑出来。

安德鲁摇上车窗。

熊盯着安德鲁看。

安德鲁把车窗往下摇了一下。

"有事儿吗？"安德鲁问。

"是的。"熊回答。

"哦。怎么了？"

"跟我来。"

熊指着一栋房子。

"去哪儿？"

"白给你钱，要吗？"

"为什么？"

"你想要一百块钞票吗？"熊问。

"不知道。"安德鲁说。他把车窗全摇下来。"钱是从哪儿搞来的？"

"跟我来。"熊朝先前指的那栋房子走去。

"你想耍我。"

"到底来不来？"熊问，"不光给你钱，还有一台笔记本电脑，想不想要？"

"我家有一台电脑。"

熊拿着一张二十美元的钞票和一条蓝毯子走到安德鲁车前。它把毯子蒙在安德鲁头上，又把车门和车盖卸了下来。熊把安德鲁从车里提起，抱着他朝之前指的房子走去。到了侧院，安德鲁被放下来。他拿掉自己头上蒙的毯子。熊跪在地上，拨开一块草丛，打开一扇秘密通道的大门，然后用手指着一架通往地下的梯子。安德鲁走到梯子跟前。"走吧。"熊说。

"干什么去？"安德鲁问，"我为什么要跟你走？"

"走吧。"熊又说。

熊把安德鲁手中的毯子拿过来，顺着通道口扔了下去。

"哦，"安德鲁说，"你真聪明。真是个好点子。这样一来，我就必须下去捡毯子，要不，就显得太'不负责'了。一个毫无责任感的家伙在北美荒野上游荡。我说的没错吧。管他呢。我跟你走。"

安德鲁顺着梯子爬下去。

熊也顺着梯子爬下去。

他们一起往下爬。

他们不断向下。

熊踹了安德鲁的脑袋一下。

"碰到你头了？"熊问。

安德鲁没吭声。

"安德鲁，"熊问，"是你的头吗？"

"闭嘴。"

"到底是什么？"熊问。

"一台笔记本电脑。"

他们继续往下爬。

"你的大锤子呢？"安德鲁问。

"大锤子？"熊说，"你说什么？"

四周越来越冷。

"嗷。嗷。"熊发出难听的叫声。

"每只熊都不一样。"熊说。

他们又爬了一阵子，眼前出现一条走廊。

安德鲁捡起毯子。

他们顺着走廊向前走。

走廊旮旯里躺着一只麋鹿。

它睁着双眼。

熊从安德鲁手里接过毯子。

它让安德鲁继续走。

"那儿有只麋鹿。"安德鲁说。

"接着走。"熊说。

安德鲁一直走到悬崖边。

悬崖下面站着成群结队的海豚和熊。仿佛还有一座高大无比的美国现任总统雕像。安德鲁认出了总统的脸。

熊站在安德鲁身边。

它"嗷，嗷"地叫着。

"你可真绝情。"安德鲁说。

"这是一个孤独冷漠的世界。"熊回答。

"玩笑话，"熊补充道，"我的意思是，多少有那么一点吧。"

"我要坐一会儿。"安德鲁说。

安德鲁坐下来。从走廊那边走来一只海豚。安德鲁站起身。海豚手里握着一把大锤子。安德鲁朝大锤子看了一眼。海豚扇了安德鲁一个耳光。又有不少海豚从走廊方向走过来。悬崖越来越挤。一只海豚被挤下悬崖。落下时，它发出"咿咿咿咿咿，咿咿咿，咿咿咿咿"的叫声。安德鲁笑了。又有两只海豚掉下去，悬崖宽敞了一些。手握大锤子的海豚说："大家瞧着。"所有海豚都朝它看。拿大锤子的海豚扇了安德鲁一个耳光。

"你真笨。"一只海豚说。

说完扔出一枚烟雾弹。

等烟雾散去，海豚不见了，出现了许多熊。

一只熊朝地上又扔了一枚烟雾弹。

等烟雾散去，出现一只海豚。它扇了安德鲁一个耳光，然后投下一枚烟雾弹。等烟雾散去，最初那只熊现身了，它的个头比安德鲁高。

"你没事儿吧？"熊问。

安德鲁摸摸自己的脸。

脸肿了。

"你没事儿吧？"熊问。

"我还好。"安德罗说，"你呢？"

熊看看安德鲁。

它跪下来打开一扇秘门。

又出现一架梯子。

熊指了指梯子。

安德鲁觉得没意思。

"等一下。"安德鲁说。

"怎么了？"熊问。

"我下去过一次了。"安德鲁说。

"还有两次呢。"熊说。

"我知道。"安德鲁说，"可我去过了。啊，我还看到好多松鼠。"

"是仓鼠。"熊纠正说。

"是我记错了。可我的确去过。你得相信我。仓鼠看起来很不高兴。"

"再走一趟。"熊说。

"再走一趟？"

"跟我来，"熊说，"肯定好玩。"

"你叫什么？"安德鲁问，"你们熊有名字吗？"

"我叫安德鲁。"熊说。

安德鲁有点发慌。"我是安德鲁。"

"我是安德鲁。"熊重复说。

"胡说。"安德鲁说。

"真的。"熊说。

"哦。"安德鲁说。

"来，"熊说，"跟我找乐子去。"

"什么乐子？"

"咱俩都叫安德鲁。"熊说。

"你不叫这个名字。"安德鲁说。

"我叫安德鲁。"熊说，"你他妈到底怎么回事？。"

"我也说不上来。"安德鲁回答，"我是个笨蛋。我觉得自己很愚蠢。"

"咱们走吧。"熊提议说。

"到底有什么好玩的？"

熊抓抓墙面，然后瞪着安德鲁。

熊看了看安德鲁。

又指指刚才经过的走廊。

安德鲁走过去，站在那里一动不动。

熊推了推安德鲁。

安德鲁顺着走廊往回走。

他脖子僵直，死死盯住走廊里的旮旯看。有两个外星人站在麋鹿身上。

麋鹿头上蒙着一条毯子。

安德鲁继续向前走，熊跟在他身后。

他一直走到梯子跟前。

"再让我给你指路，我就揍你，"熊说，"然后把你吃掉。"

"你打啊。"安德鲁挑衅说。

熊攥起拳头，慢悠悠地朝安德鲁伸过去，手指关节碰到他的脸。然后它又举起另一只手扶住安德鲁后脑勺，朝自己拳头上按。安德鲁的脸碰到熊的手关节，感觉毛茸茸的。

"别闹了。"安德鲁说。

熊放下手。

"有本事就动真格的。"安德鲁命令说。

熊挥起拳头，却打歪了。

"下次瞄准点儿。"安德鲁说，"吃了我。你刚说过，'把你吃掉。'"

熊爬上梯子。

"用白给的笔记本电脑打我。"安德鲁说，"不然我就杀了你。"

熊顺着梯子爬下来，瞪着安德鲁。

"没什么事可干，真无聊。"熊说。

"没错。"安德鲁回答。

熊看着安德鲁。

"总统雕像放在那里做什么？"安德鲁问。

"这日子没劲透了。"熊说。

"我比你更腻味现在的生活。"

"我不信。"熊说。

"真的。"

"不信。"

"是真的。"

"你胡说。"熊说完便消失了。

安德鲁站在原地。

他顺着梯子爬到地上，回到车里。

车门和车顶都恢复了原样。

安德鲁刚准备打开车门，门就掉到了地上。

安德鲁开车驶出"风溪"小区，车顶也掉到了地上。为什么乔安娜从车里离开后特别高兴？别瞎琢磨了。假如史蒂夫平安归来，就和他一起搞个乐队。然后拿贝斯手当幌子向乔安娜的姐姐阿什莉发起浪漫攻势。不必处心积虑。十四天过后，要来她的电话，邀请她加入这支打着"煽动流血冲突"旗号的乐队。邮件，电话，结婚。武术，鹿，虚无。搞乐队的事儿让安德鲁兴奋不已。虽然他们创作的曲子都很伤感，但这件事却让安德鲁开心。开心不是办不到的。做一首关于车子掉头的歌。一首既"讽刺"又"深奥"的曲子。等史蒂夫从纽约回来就动手。他俩估计会"瞎混"上俩小时，无聊了就跑去丹尼快餐店待一会儿。（"还记得我妈妈去世那阵子吗？"）两人"折腾"了一阵子，差不多十来分钟就心烦无聊了。"折腾"这个词让安德鲁觉得难为情。还是用"瞎混"吧。安德鲁觉得应该回快餐店道个歉。他打算扔一卷钞票给那个倒霉的女服务生，然后诚心诚意跟她说对不起。他打算把责任推给史蒂夫。史蒂夫将会因此进监狱。对，得编个假名。是托马斯干的，他跑掉了，而我被抓了个正着。编些老掉牙的瞎话，再起个假名字就没问题了。把钞票放在马尼拉纸①做的信封里，送上一个诚心懊悔的微笑，再发自肺腑地说几句对不起。我得走了，记住，别把钱一下子花光。现在是晚上九点。今晚就行动？相比之下，晚上的安德鲁更像是个好人。白天，他觉得自己就像一个独立电影里的反派角色，准备投入新一轮骇人听闻的连环杀人行动中。

安德鲁回家找了个信封，写下"抱歉"二字，又在后面添了一句"真心诚意"。然后，他拿出另一个信封，写下"万分抱歉"四个字，又放进两张二十美元的钞票。这句话听上去真讽刺。于是他又在一个新信封上写下"诚心道歉"，再塞好钞票。把两个辅音相同的词凑到一起实在做作。②"抱歉"二字足矣。他重新装好钞票。安德鲁替那两张二十元钞票难过。起码它们凑成了一对儿，彼此相爱。安德鲁心生嫉妒。

他把车子开到丹尼快餐店后门，停好车，熄了火。我刚才掉了个该死的头。如果萨拉在，他们会到处溜达，把装有神秘礼物的信封送给路人。每个信封都装着三个愿望，而且绝不是骗人的。一清早，他们会爬到树上。萨拉永远不会出

---

①由马尼拉麻制成的米黄色纸，结实耐用，多用于包装。
② Sincerely（诚恳地）和 Sorry（道歉）的读音都以辅音 "s" 开头。

现了。他身边只剩下可怜的武术冠军。远处有无数住宅楼，还有大树、仓库和几只麋鹿。一只熊骑到麋鹿身上，就像骑马一样。养老院门前围着篱笆，还有一道壕沟。光有篱笆不够，他们还需要修壕沟。同样，光有一位店长不够。（"别打她的主意。"）忧伤的店长。他的人生是一场悲剧。当安德鲁还是小孩子的时候，他和父母睡在同一间卧室。有时，他会被父母在地毯上做爱的声音吵醒。有一次，安德鲁的父母在饭馆里起了争执。安德鲁当时七八岁的模样。他妈妈因为被爸爸传染了什么病而大发雷霆，至少安德鲁是这样理解的。安德鲁以为他们说的是艾滋病，所以号啕大哭。他想让妈妈解释，他以为妈妈就要死了。一只熊打开车门，坐到副驾驶座位上。

"你说谎。"熊说。

安德鲁没瞧它。

"你到底有没有骗人？"熊问。

熊喘着粗气。

安德鲁望向窗外。

远处有一棵树。

还有一家老人院。

到处是老人院。

"你骗人。"熊说，"你说的瞎话让我伤心。"

熊迟疑了一下就走开了。

安德鲁的妈妈说，只要他不哭就告诉他。安德鲁停止了抽泣。他觉得忐忑。妈妈说要在卫生间里告诉他。安德鲁被带到卫生间，在那儿，他感觉自己十分渺小。妈妈锁上门，俯身在安德鲁耳边说自己得的是疱疹——安德鲁朝镜子里打量；他当时的个头刚刚够到洗手盆，他看看自己的脑瓜顶——所以不会死。安德鲁听完十分高兴，尽管爸爸妈妈还在吵架，惹得餐厅里的客人面露难色，可安德鲁已经可以安心享用他的午餐了。大学毕业后，安德鲁留在学校图书馆工作，还在一家电影院找了份活儿。电影院同事使坏，害他丢了工作。安德鲁自作主张把图书馆午休时间延长到两小时；有一天，图书馆同事把他逮个正着，安德鲁因此被开除了。他身无分文地回到佛罗里达父母家。他觉得妈妈有事瞒他。她好像得了癌症还是别的什么病，但她不肯说。安德鲁的爸爸摆出一副"虽然你妈妈不想说，但我觉得有必要告诉你"的姿态。安德鲁打断爸爸的话，他说，如果妈妈不想说，他就无权知道。爸爸听完走开了。每当电视上有半裸画面出现，爸爸就会说"少儿不宜"。即便安德鲁已经到了二十岁，爸爸还是不许他看。他教育安德鲁时总是阴阳怪气的，腔调既严肃又神秘，还表现出一副平静而淡然的神色。

一辆小货车停到安德鲁旁边，里面坐了一个男孩儿、一个女孩儿还有几只海豚，他们有说有笑的。安德鲁弯下身子，假装在副驾驶座上找东西。然后低声呜咽了一阵子。"你的车没顶篷也没侧门。"男孩儿说。安德鲁盯着副驾驶座上的东西发呆：几个 CD 盒，一些蓝色铅笔，还有一张艾伯特森百货公司的收据。他俯下身拿起收据看。天已经黑了。他什么也看不清。他把收据折好放进兜里。坐了一会儿，便从车里出来朝丹尼快餐店走。他又开始想念萨拉了。他一边走一边憧憬未来。未来。正在发生的和从未发生的事像画一样在脑海中若隐若现。未来恍若就在眼前：他回到家，躺在床上，开始思考。一切就像刚发生过。

一百年后，地球会变成一个扎满长钉的金属球。

安德鲁开车出去送比萨。萨拉不在身边。前途无望。等红灯时，安德鲁突然冷静下来，好像演电影一样。他身处佛罗里达，在一部独立电影里饰演某个角色，说不定是萨拉。他要改变自己的生活。电影里总会发生点儿意外。他将在一幕险境里现身，然后朝人脸上揍一拳；继而出现在萨拉跟前，拥抱她。他想起有一次正开着车，突然看见一大片空地。萨拉说了句，咱们把车开进那棵树里去，就像进车库一样。安德鲁回答说，咱们爬到树上吃点东西吧。之后，两个人就坐在树杈上舔冰棒吃。

绿灯亮了。安德鲁不想动，但还是发动了引擎。他觉得自己必须撞到什么东西里面去。比如一座山。山一定会被撞爆。

他找不到东西撞。如果萨拉在就能找到。安德鲁错过了该转弯的路口，他轧着隔离线掉头时把一棵小树剐倒了。过路车朝他按喇叭。安德鲁大笑。他是个前途无望的人。他因为撞倒一棵小树感到难为情。他做错事了。身为达美乐比萨集团员工，他不应违章掉头。他心情很糟。那棵树上栖息着许多小鸟。一窝刚出生的小鸟雏儿，还有松鼠。鸟妈妈回到家，一定搞不懂出了什么事。

安德鲁回家后给史蒂夫打电话。已经晚上十点了。要么去贾斯廷酒吧打牌，要么去游戏厅玩儿。打牌，喝酒……玩儿到精疲力竭，再去打游戏机。安德鲁开车到史蒂夫家找他。史蒂夫出门时，两个妹妹正朝他身上扔水气球。两只气球都打歪了，水溅到草地上。姐妹俩一边跑一边捡球，然后接着扔。一只水球砸中史蒂夫的脸，另一个掉在行车道上。姐妹俩跑进侧院击掌相庆，然后一溜烟儿没影儿了。

"我非得治治这两个小丫头。"史蒂夫在车里说。

"她们刚才拍巴掌庆祝呢。"安德鲁说。

"咱们煽动一场流血冲突吧，"史蒂夫说，"就在我家前院。"

"好主意。"要是变成史蒂夫的妹妹就好了，安德鲁心想。他突然觉得心情沮丧，索然无味。萨拉变成另一个妹妹。"现在去哪儿？游戏厅？"

"我讨厌游戏厅。"史蒂夫说,"既无聊又浪费时间。我没钱了。"

"无聊和浪费时间是我的口头禅,不许学我。"

"去死。"史蒂夫说。

"我正有这个打算。就在今晚。在我家大房子里。"

"太好了,"史蒂夫说,"看来我的主意还不错。"

"嗯。"在游戏厅里煽动一场流血冲突,"我要先去玩游戏机,再蓄谋自杀,然后到处嚷嚷说要杀了自己。"

"你别自杀了。"史蒂夫说,"你杀死我的姊妹吧。"

"姊妹?干吗用这么正式的说法?"

"我蠢呗。"史蒂夫说,"也别杀她们。你杀了我吧。"

"今天我弄死了一棵树。我很难过。我应该把工作杀死,以彬彬有礼的方式杀了它,就是陌生人之间那种彬彬有礼。"

"你先把我和我的姊妹弄死吧。"史蒂夫说。

"我得借你家卫生间用用。"

"去吧。"史蒂夫说。

安德鲁走进史蒂夫家。屋里漆黑一片。安德鲁担心自己被外星人绑架。外星人很孤独,他们需要拥抱。安德鲁会吓得心脏病突发,浑身抽搐。史蒂夫的三妹,那个叫埃伦的高中生,正坐在客厅的沙发上。她无所事事地坐在黑暗中,拿着一本书在看。

"我要借卫生间用一下。"安德鲁说。

客厅很黑。

埃伦起身准备离开，手里的书从腿上滑下来掉到了地上。她慌张地跑开了。

安德鲁上完厕所出来，看见埃伦正慢悠悠地穿过客厅。她看上去有些不安。安德鲁跟在她后面走进厨房。埃伦打开冰箱朝里看，身子挺得笔直。

"你看什么书呢？"安德鲁问。

"你刚刚是在看书吧？"安德鲁补充说。

"我也不知道。"埃伦回答。冰箱门大敞着。她没走几步便返了回来，关上冰箱门。没有冰箱灯照亮，厨房显得更黑了。埃伦被椅子绊倒摔在地上，又一骨碌爬起来，朝另一个房间走去。

"你可真磨蹭。"史蒂夫在车里说。

"我跟你妹妹聊了几句。"

"不许跟她耍贫嘴。"史蒂夫说。

"没有。我想和她好好聊几句。"

"你这个浑蛋。"史蒂夫说。

"她坐在黑暗里发呆。真不赖。"

"她没朋友。"史蒂夫说。

他们开车去沃尔玛超市，想搞点什么东西对付那两个小丫头，可惜一无所获。他们在沃尔玛里逛了两个小时。回到车里，安德鲁掏出一盘《高斯福德庄园》录像带。

"你丫的。"史蒂夫说。

"你看过这部片子吗？"

"你丫的。"史蒂夫又说了一遍。

想象史蒂夫煽动一场流血冲突，院子里尸骨累累。"这部片子获奖无数，"安德鲁说，"因为导演已经一百多岁了还是怎么的，算得上是电影圈里的裘帕·希莉了。"这番话根本讲不通。还是算了吧。

"这么说，你就是超市小偷圈里的裘帕·希莉喽？"史蒂夫说。

"录像带是我掏钱买的。"

"全凭你的小聪明和闪电速度。"史蒂夫说。

"没错，外加十美元。"安德鲁启动引擎。萨拉。音乐声大得让人绝望。安德鲁把音量关小。"一提到裘帕·希莉，我就有一股想死蓝鲸的冲动。我跟你讲过她吧？没错。我搞不懂她名字的含义。看起来就像一场流血冲突。"

"我们得把她抓住。"史蒂夫建议说，"全仰仗你的小聪明和闪电速度了。"

"说不定她正和普利策奖同住在钻石船上呢。"萨拉在纽约生活。他俩曾是老同学。萨拉往裘帕·希莉脸上画过小鸡鸡。他们一起逛过书店。萨拉提前毕业了，她遇到了心上人。安德鲁谁也没碰上，他回到佛罗里达，前途惨淡。

安德鲁和史蒂夫开车来到贾斯廷酒吧，把《高斯福德庄园》录像带扔进院子。酒吧里大概有五个人，他们正在喝酒打牌。虽然没人乐意承认，可大家看起来都闷闷不乐的。五个烂醉如泥、心情沮丧的家伙。他们准备发动一场委靡不振的流血冲突，无精打采地到处打杀一番。安德鲁刚弄死了一窝小鸟和几只松鼠。他曾和萨拉一起爬树。她嘴里的冰棍是蓝颜色的。真奇怪。冰棍不是透明的。为什么你的冰棍看起来很奇怪？

他们没头没脑地开车乱逛。天黑了，周围很安静。车里放的音乐十分忧伤。安德鲁觉得头晕脑涨，同时又十分理智和清醒，他也分不清到底是什么。车里的音响设备很棒。本田思域造型怪异。对它，安德鲁有一种莫名的好感。因为车子外形符合他的气质？他后悔当时没纵身跳到萨拉坐的树权上亲吻她。可那样太危险了。当时他应该提议盖个树屋。咱们退学吧，然后一起在树屋里生活。就像在车库里一样。他冲萨拉眨眼。萨拉笑了。她常常肆无忌惮地大笑。在萨拉漂亮的脸蛋上，笑容如花朵一般怒放。可不一会儿，她又恢复了平静和恬美。

"要是咱俩突然有人哭了怎么办？"安德鲁大声说。

"我明天出发去西雅图。"史蒂夫说。他没听见安德鲁说什么。音乐太吵了。他真的没听见吗？无所谓。史蒂夫要去西雅图永远不回来了。萨拉在纽约，史蒂夫在西雅图。安德鲁独自生活在树屋上，他觉得自己特别可怜。松鼠妈妈绝望地盯着一枚橡树果。小丫头们已经长大成人，她们闷闷不乐地在客厅里击掌庆祝，同时露出挖苦的神色。水汽球拍在史蒂夫脸上。水汽球。

他们到了丹尼快餐店。

"我要找个老婆。"史蒂夫坐在卡座里说。

"我要……不知道。我要揉①面团。"

"我先和老婆一起疯狂购物。"史蒂夫说，"等她离开，我就去疯狂杀人。"

萨拉，嫁为人妇的萨拉。没准她已经结婚了。"还记得那次她们拿水汽球砸你脸吧？"

"我非杀了她俩不可。"史蒂夫说，"可我永远下不了手。"

萨拉，像花一样微笑。"还记得……"萨拉·提尔斯登。不许再想她。"我刚才问你，'还记得那次她们拿水汽球砸你脸吧？'"

"记得。"史蒂夫回答。

---

① "Knead"（揉）同 "need"（需要）读音相同。

"假如你这两个妹妹想跟对方结婚怎么办？"

"咱们应该组一支乐队。"史蒂夫说。

想象史蒂夫在西雅图和他爸爸一起喝咖啡。史蒂夫的爸爸惊声尖叫。好像讲不通。

"我看没戏。"安德鲁说，"我想组个叫'同性恋乱伦'的乐队。"他觉得自己是个笨蛋。

"裘帕·希莉到底是什么玩意儿？"史蒂夫问。

"我也不知道。我跟你提过她。对吗？"

"你讲过。"史蒂夫说，"可我还是搞不懂，裘帕·希莉到底是他妈什么玩意儿？"

"我也说不上来。她是一个人。"

"她不是人。"史蒂夫说。

一个女服务生走过来，她碰巧和他们上同一所高中。安德鲁记不起她叫什么。他们装作不认识。他们急匆匆地点完菜，服务生便走开了。她变胖了。一直在丹尼快餐店打工，这辈子就完了。如果换作萨拉在丹尼工作，安德鲁将会很开心。安德鲁打工的达美乐比萨店其实就是个升级版的必胜客。他应该辞职。他要像辞职一样了结自己的生命。他正在写的故事是关于一帮倒霉蛋的。他永远不会自杀。他永远不会杀人，不会组乐队，也不会自杀。他的大学前女友曾试图自杀。在那之后，她出了一本书。安德鲁也想出书。即使出了书，他依然觉得生活很操蛋。他。他在纽约的图书馆和电影院工作过，如今在达美乐比萨店打工，偶尔会在深夜抽泣。他父母都搬到德国去了。说不定，德国就是升级版的中国。

"我忘了她叫什么。"史蒂夫说。

"名字好像是 S 打头。"不对，S 开头的人是萨拉，"我想起来了，她是我英文课上的同学。"英文课老师普尔夫人头上有块斑秃。有人在她桌上放了一本落健①宣传册。她装没看见。和萨拉在树上玩儿时，安德鲁把这件事讲给她听。她听得津津有味。安德鲁说，他想抱抱普尔夫人，还想送给她三个愿望。还有什么？萨拉问。还有一顶金色头冠。萨拉笑着说她喜欢普尔夫人。安德鲁说他也是。他突然觉得心情低落，之后就什么都不想说了。萨拉手里的冰棒也变得闷闷不乐。安德鲁的冰棒是绿色的。"应该是 F 开头。"当时他应该把冰棒朝萨拉扔过去，然后在树上跟她玩藏猫猫。"我也不知道，就当我胡说吧。我实在想不起来她叫什么了。"前途无望。"我看不到未来。"

"我不愿想这些糟心事。"史蒂夫说。

"我也不想。太让人难过了。"而且耽误时间，"明天你打算干吗？"

---

①第一家通过美国 FDA 核准上市的全球销量最高的生发水。

"去看我爸爸。"史蒂夫回答,"他在西雅图。"

"哦。要去多久?"史蒂夫爸爸尖叫的样子浮现在安德鲁脑海里。

"一个多礼拜吧。我都等不及了。"

"你真想去看他?每回看别人激动的样子,我都怀疑他们是想挖苦什么。这点让我很讨厌。"

"我显得很激动吗?"史蒂夫问。

"倒也不算。我说不清。你说话挺怪的。"

"我没有挖苦。"史蒂夫说,"老实说,我不乐意去。嗯,我的意思是等不及从照看妹妹的生活里解脱出来,哪怕只有一个礼拜时间。"

"我听不懂你说什么。"

"我也说不清。"史蒂夫说。

"那就好。"

"我现在心情不错。"史蒂夫说。

"等等,你几个妹妹不跟你一起去吗?谁来照顾她们?"

"哦对,"史蒂夫说,"她们和我一起走。"

安德鲁也想去。在西雅图,安德鲁和史蒂夫一起把他爸爸埋进侧院。

"哦,不对,"史蒂夫说,"埃伦负责照看她们。"

"要是她把她们弄死怎么办?"安德鲁想象埃伦悄无声息

行凶杀人的模样。

"为了扩大交际圈，她在修暑期课程。"史蒂夫说，"她实在没什么朋友。"

"我刚刚在想，跟你一起去西雅图把你爸爸杀死。他尖叫的样子一直在我脑袋里。"

女服务生从他们身边走过。她情绪低落，神情迷茫。不知怎么的，她直勾勾地盯着史蒂夫看。她又从他们身边经过，神色迷离。她变胖后开始自暴自弃。她自暴自弃之后发胖了。这两件事同时发生，就像在梦里。

"她跟我有仇？"史蒂夫问，"今晚我肯定会失眠。她干吗不戴个名牌？真气人。晚上要睡不着了。"

"她想把丹尼餐饮集团搞垮。她是个反社会主义人士。"

"我要用铅管戳她的脸。"史蒂夫说。

"我讨厌人脸。"除了萨拉的。人人都该拥有萨拉的面孔。那将会多可怕呀。假如外星人长得和萨拉一样，安德鲁会平静地和他们拥抱。外星人应该长成萨拉的模样。安德鲁也是。这样一来，萨拉就和安德鲁一样了，世界因此黑白颠倒。女服务生又走过来。史蒂夫瞪着安德鲁，安德鲁也瞪着史蒂夫。史蒂夫有三个妹妹：一个四岁，一个七岁，还有一个十六岁。史蒂夫的爸爸离开了他们。女服务生双手空空地走到他们跟前。安德鲁朝她脸上扫了一眼。她打扮得挺时髦。泪汪汪的双眼清澈而美丽。她看起来不再迷茫。毕竟，她的生活还在继续。尚未结束，但即将走到尽头。她把番茄酱瓶拿走了。

"真是个臭婊子。"史蒂夫一边骂一边把水杯推到盐瓶和胡椒瓶旁边，"我感觉自己就像史努比狗①。他总被人盯着瞧吧？"我的史蒂夫啊。安德鲁喜欢史蒂夫。他也喜欢萨拉。萨拉骂人傻叉。安德鲁听完总是哈哈大笑。有时，为了逗安德鲁开心她会故意这么说。安德鲁总爱琢磨她说过的话，做过的事；安德鲁知道，萨拉是个十分有趣的姑娘。有一回，萨拉在书店里朝安德鲁肩膀咬了一口。伤口流血了。还有一次，她骂杜安里德药店收银员傻叉。你说什么？那人问。没什么，萨拉回答。那人脸色惨白。一个在杜安里德药店打工的黑人小伙儿。傻叉。安德鲁捂着肚子跑到药店过道里放声大笑。萨拉推了他一把，他撞到洗发水瓶子上，感觉很疼。他们一起跑到佛罗里达，爬上一棵大树。有一回，萨拉在书店里朝安德鲁肩膀咬了一口，安德鲁倒在地上。丹尼快餐也许能和达美乐比萨相提并论。丹尼快餐的升级版本是什么？想这件事真是浪费时间。史蒂夫谈到了赌场。他打算组一支颚式破碎机②风格的乐队，就在赌场里演出。赌场后面是

---

① 史努比狗（Cordozar Calvin Broadus, 1971— ），美国著名娱乐明星，说唱歌手，兼任唱片发行和演员。
② 颚式破碎机，来自旧金山的朋克乐队，成立于1980年代末。

墓地。史蒂夫上电视了，他握着铅管说："我要杀了她。"记者问："谁？""裘帕·希莉。"史蒂夫回答。萨拉哈哈大笑。史努比狗被乱石砸死。

"人们赢钱后都想听伤感的音乐。"史蒂夫说，"他们想知道是不是有了钱依旧感到孤独。"史蒂夫打了个喷嚏。"搞不懂。假如真是这样，我们可以在赌场里唱颚式破碎机的歌。我预感明天要乘坐的飞机会出事。"

安德鲁发现快餐店一角有个男人正盯着自己看。那人的脸大得出奇。脑袋也很大，脖子特别粗。安德鲁心情沮丧，还有点儿生气。"你瞧那个人。"

史蒂夫看了一眼。"我们该邀请他和我们一起吃，然后去打迷你高尔夫球。"

"我希望妖怪许给他三个愿望。"安德鲁说。还有什么？萨拉问。"再给他一根铅管。"

"我看他眼神诡异。我算是跟他结下梁子了。"

"听不懂你说什么。"安德鲁接着说，"我在开玩笑呢，其实我一下就听懂了。你可真逗。"

给他们送餐的是另一个服务生。她叫伯纳黛特。他们闷头吃了一会儿。（"如何找乐子？"）颚式破碎机乐队曾唱过，无论成功还是失败，早已无人问津。章鱼。马克替章鱼难过。史蒂夫站起身。"安德鲁，"他说，"跟我来。"

"等等。"安德鲁想到史蒂夫拿着铅管，站在西雅图的大雨里打迷你高尔夫。"你要干什么？"

伯纳黛特朝他们走来。史蒂夫重新坐下。等伯纳黛特走开，史蒂夫起身出了餐厅。安德鲁等了一会儿才站起来，他谁也没敢看，径直走了出去。那个没戴名牌前途无望的女服务生冲出餐厅，追到停车场。安德鲁差点从她身上踩过去。流血冲突。安德鲁大笑。史蒂夫从车里探出脑袋。"丹尼快餐太烂了。"他哑着嗓子喊。

"那姑娘看起来闷闷不乐的。"安德鲁说，"我想用善意和爱把她杀死。"

"我觉得自己像白痴一样。"史蒂夫说，"我也替她难过。虽然她对咱们很粗鲁。说不清。我一分钱都没了。我是个笨蛋。听见我说什么了吗？"

"我想跟她换换。来，杀了我吧。生活简直糟透了。"

"我们应该回去跟她诚心道歉，"史蒂夫说，"然后把桌子掀翻。"

"然后凭着小聪明和闪电速度逃之夭夭。"

"没错。"史蒂夫说。

"要是有人在达美乐这么干，我肯定高兴坏了。如果店里有桌子就好了。"摆上桌子显得太有档次了，"可惜没有。"

"真有意思。"史蒂夫说，"我不觉得自己像白痴了。"

"嗯。我想那一定特别有趣。"

"我坐的飞机会掉下来。"史蒂夫说,"还记得我妈妈去世那会儿吗?"

"我恨全世界。"安德鲁说,"我要把脑袋伸出车窗骂一句'操你妈'。"他把窗户摇下来,探出头喊了一声"狗屁",接着把车窗摇了起来。

"这是个愚蠢的世界。"史蒂夫说。

"我感觉自己像白痴。"

"这件事太蠢了。"史蒂夫说,"可我说不清'这'指什么。"

"我不知道怎样才能高兴起来。"

"我妹妹比咱俩还郁闷。"

"真让人难过。"安德鲁说。

史蒂夫喋喋不休地说个不停。在他说话的当儿,安德鲁琢磨如何向他描述自己脑海中的影像:在西雅图的大雨中,史蒂夫独自挥着铅管打迷你高尔夫球。原因是这样的:他一边在雨里开车一边听音乐,突然心血来潮,便停下车冲进一家迷你高尔夫球俱乐部,独自玩到凌晨三点。这句话太长了。他记不下来。他觉得又累又烦。他想对过路车喊"狗屁",或者尾随他们回家,诚恳致歉,再用头把他们撞个稀巴烂。他把史蒂夫放在路边。然后朝自己家开。阿比快餐店①、塔可钟快餐店②、麦当劳，沃尔格林③、凯马特④、星巴克，一家挨一家排在路边。安德鲁盯着它们看。他想把这些店都砸烂。他反对资本主义，因为它让人类的感知能力背离原始状态，变得愈加抽象和模糊；同样，他不认同绝对逆反心理，因为宇宙二元性不支持这种态度。他想把麦当劳砸了。要是能把这些店都砸烂才好呢。萨拉一定同意他的想法。他们走进星巴克，发疯似的破坏一气。人们尖叫着，露出既愤怒又恐怖的表情。这些人回到家，抽出一张舒洁纸巾，坐下来琢磨刚刚发生的一切，然后默默擦起眼泪来。他和萨拉跑回他家的大房子，放声大笑。这栋房子可真大。应该算是别墅。不对。就是大房子。别墅就是大房子。安德鲁的父母住在一座位于柏林的塔里。安德鲁看过照片：八座塔排成一排。一百年后，地球会变成一个扎满长钉的金属球。它闪着亮光划过天宇——茫然无措，死气沉沉。小学生会问，为什么地球看起来像一件中世纪兵器？安德鲁看照片时，幻想八座塔像多米诺骨牌似的依次倒下。他在达美乐—— 一家升级版必胜客——工作。他妈妈看起来不对劲。她得了癌症或是别的什么病。可她不想说。她是个善良的人。那个大脑袋的家伙

①美国连锁快餐品牌。
②美国连锁快餐品牌，专营墨西哥风味食品。
③美国最大的食品和药品零售连锁店。
④美国著名的折扣零售商。

也是个善良的人。不是吗？从某种意义上讲，世间万物都是善良而伤感的。安德鲁的眼睛湿润了。都怪这首歌，曲调哀怨却朗朗上口。他应该回丹尼快餐店去，把一沓钞票扔到客人脸上然后跑掉。金钱无法给女服务生带来幸福。她需要一场浪漫爱情。但她永远得不到。因为生活绝望，她备感苦恼。她无法得到幸福。迈克尔·费希尔①坐在大堂里读《纽约客》。安德鲁想要用一连串惊人的善行摧毁这个世界，这些善行一个比一个骇人听闻。萨拉在等安德鲁回家。在树房里生活的点子惹得她哈哈大笑。他们一起游泳。为什么会产生这些念头？因为前途令他绝望。

---

① 迈克尔·费希尔（1931— ），英国物理学家、化学家和数学家。

轮回不存在。唯一存在的是死亡。

第二天下午，安德鲁一边吃幸运符麦片①，一边盯着包装盒看。之所以选这个牌子，因为安德鲁已经自暴自弃了。他该发明一种叫诅咒符的麦片。安德鲁家一度只买切里奥斯麦片②吃，他还记得妈妈第一次把幸运符麦片买回家时的情景。她没把麦片装在购物袋里，而是开心地举在右手上。安德鲁看到幸运符麦片特别高兴。在厨房，母子俩开心地见证了有益健康的切里奥斯被换成了有损健康的幸运符。如今，安德鲁觉得自己像史努比狗一样。不对，他从没有这种感觉。他向来不认为自己像史努比狗。"那是史蒂夫。"安德鲁大声

---

①美国著名麦片品牌，由通用食品公司制造。
②美国著名麦片品牌，由通用食品公司制造。

说。他觉得一阵恶心。他再也见不到萨拉了。要是裘帕·希莉爱上自己怎么办？他会拒绝她吗？她住在一艘镶满钻石的游艇上。普利策奖杯一见她就发怵。安德鲁窃笑。他比萨拉更孤独。萨拉个头比他矮。萨拉·提尔斯登。安德鲁想哭。他想把幸运符麦片盒子扔掉。无数棉花糖形状的麦片在空中飞舞。他果真这么做了。盒子撞到冰箱，掉在地上。没有棉花糖。前途无望。

他给狗喂完食，带它出去遛了一圈；回到家，煮上咖啡，去冲凉，然后坐下来喝咖啡。

路过琴房时，安德鲁发现屋子正中有一摊新鲜狗屎。待会儿再说。旁边还有一摊狗尿。该死。他想象史蒂夫在西雅图和爸爸击掌庆祝的场面。回去道歉，然后把桌子掀翻。史蒂夫。

安德鲁回到书房，盯着电脑屏幕上的小说目录发呆。这些故事全是他写的。书稿被三十多个编辑退回来。拒绝是好事。低调行事，抛掉一切。成就，金钱，权利，名誉，幸福，朋友，所有的欢愉——通通放弃；在金字塔结构的生命中，世间万物都会回到起点，这念头令人满足。事实上，令他欣慰的并非那些失而复得的东西，而是轮回这个概念。轮回不存在。唯一存在的是死亡。武术，鹿，死亡。新加坡，章鱼，死亡。小说主人公无一例外地沮丧和孤独。二十多页的故事，空话连篇。他打开其中一个读起来。假如他写得足够好、足够有趣，萨拉就会在游泳池里出现。他盯着故事发呆。删掉它吧。他得喝杯咖啡。可他刚喝完一杯。他随手把文档拖进了回收站。仰仗小聪明和闪电速度，他清空了回收站。快点组一支乐队吧。无论成功还是失败，早已无人问津。写个关于史蒂夫的故事好了。写他举着铅管在赌场里煽动一场流血冲突。或者比较一下裴帕·希莉和史努比狗的区别。用普利策奖杯做凶器杀人是个好主意。不许走神。这个故事安德鲁差不多已经写了两百个小时了。怎么会这样？情节还不够丰满，稿子已经被拒了二十多回。他把故事发给许多人看过。可惜没人回复。没人和他沟通。史蒂维·史密斯[1]曾说，我远比你想得棒。史蒂维全套作品茫然地躲在书房一角。还是搞音乐好。人没办法抱一本电子书躺在床上，一边抽泣一边顾影自怜。没准能办到。裴帕·希莉绝不会搞一场委靡不振的流血冲突。说不定史努比狗可以。裴帕·希莉。《纽约客》。她写过一个叫《性感》的故事。性感。萨拉很性感。萨拉的笑容妩媚动人。

安德鲁站起来。

他躺在地毯上。

---

①史蒂维·史密斯（1902—1971），英国诗人、作家。

目不转睛地盯着地毯。他想起马克。

马克喜欢蜘蛛侠。

安德鲁开车去上班。音乐声太吵了。他把音量调小。安德鲁的父母住在八座塔当中的一座里。到底是哪一座？那个得癌症的。萨拉坐在副驾驶。安德鲁扫了一眼。萨拉不在。假如萨拉真的出现，她会用手指着远方，然后和安德鲁爬上去。那儿有一座山。连绵不绝的山脉。安德鲁要把她拥在怀里。他不想再送外卖了。他要建个树屋。同事们个个思想陈旧，满口陈辞滥调。安德鲁也一样。安德鲁没什么好对人讲的。不知怎么，大家彼此无话可说。陈词滥调、浮夸字眼漫天飞舞。安德鲁在大学时的女朋友准备在做牙齿手术时吃安眠药自杀。这件事让安德鲁觉得做作。他该嘲笑她一通，用铅管杀死她，然后和萨拉一起站在尸体前嫣然一笑。安德鲁要趁机亲吻萨拉。他们待在树上。安德鲁依仗小聪明和闪电速度和萨拉结了婚。然后出于某种理由把她杀死。安德鲁应该卖掉大房子搬到纽约去。他打算把钞票装进行李箱。萨拉微笑地望着他。他们俩手拿铅管站在书店里，蹑手蹑脚地尾随裘帕·希莉。咱们在她脸上建个树屋。萨拉骂骑马警察傻叉。警察避开她的目光。萨拉想跟他打听通往自由之地的路。在十字路口，整个世界安静下来。安德鲁又幻想自己在一部电影里。每次等红灯他都有这种感觉。一定是疯了。安德鲁要用陈腐、庸俗、做作的方式改变自己的生活。他把头伸出窗外，漫无目的地大声呼喊。如果萨拉在，她肯定会笑个不停。绿灯亮了。假如安德鲁把车开得飞快，萨拉可能认为自己在纽约，或是其他什么地方。安德鲁提速，飞快并过两条车道，然后在路口来了个急转弯。今天他一共送了四张比萨，还给一个穿睡衣的老头送了一份布法罗鸡翅。已经晚上七点了。安德鲁回到车里，发现一只海豚坐在后座上。

安德鲁开车回到达美乐。

"马特，"他说，"后座有只海豚。我能下班了吗？"

"等我做好意大利香肠，"马特说，"就给你结账。"

算上每份外卖六十美分的油钱，安德鲁今天总共挣了十四块。

"分一半给海豚吧。"马特说。

它们坐在马特办公室里。

"没问题。"安德鲁说，"等等。为什么？"

"别问这么多。"马特说，"你不听话的毛病让我烦透了。"

"好吧。"

"好，"马特说，"敞开门，但先别离开。"

安德鲁打开办公室门。

"杰里米。"马特喊道。

杰里米走进办公室。

屋子很小。

三个人站在里面有点儿挤。

"什么事儿？"杰里米问。

"把大伙叫进来。"马特说。

杰里米转身离开。

安德鲁也准备走。

"安德鲁。"马特叫道。

安德鲁被喊了回来。

"你让海豚等一下。"马特说。

杰里米把大伙带到跟前。

大家全都挤进马特的办公室。

地方太小了。

有人站在马特的办公桌上。

有人把门关上。

屋里太挤。

有人关上了灯。

唯一一扇窗户还被谁的身子堵住了。

安德鲁眼前一片漆黑，动弹不得。

房间又热又暗。

"谁的胳膊肘杵到我脸上了？"马特说，"你被开除了。"

"不管是谁，"有人拿腔拿调地说，"都别出声。"

"灯一亮，赶紧从马特身边躲开。"另一个说，"这样他就看不见是谁干的了。假如我们能从这儿离开的话。"

"这间办公室是马特和我共有的，"杰里米说，"大家都叫它'马特的办公室'。可它的确是属于我们俩的。"

"忧伤店长。"安德鲁说。

"安德鲁，是你吗？"杰里米问。

"我害怕。"有人说。

"真无聊。"安德鲁说，"我快热死了。"

"雷切尔在吗？"有人问。

"不在。"一个人回答说。

半分钟过去了。

"你刚才叫我干吗？"雷切尔问。

"不知道。"有人回答。

"我被搞糊涂了。"有人说。

"快把门打开。"马特说。

门被人推开了。

"现在怎么着？"有人问。

"不知道。"有人回答。

"安德鲁。"杰里米叫道。

"大家都回去工作吧。"马特说。

"当真？"有人问，"我们该干点什么别的。我也说不清——干什么都行。"

可大家都回去工作了。

安德鲁走回车里。

他递给海豚七块钱。

海豚发出"咿咿咿咿咿，咿咿咿，咿咿咿咿"的叫声。

安德鲁开车回家。

在第一个路口，海豚说："把我放在凯马特吧。"

"哪个凯马特？哪儿有凯马特？"

"就在珠宝店隔壁。"海豚回答说。

"那是塔吉特百货①。"

"那就把我放在塔吉特。"海豚说。

"路太远了。"

"那又怎样？"海豚问。

"你打算买药？"

"为什么这么问？"海豚说，"你真傻。"

安德鲁把车开到塔吉特门前停好，然后从车里走出来。

"你不用陪我进去。"海豚说。

"我想买卫生纸。"安德鲁说。

海豚一个箭步冲到安德鲁前头，接着又放慢脚步。

---

①全美高级折扣零售店。

安德鲁故意朝另一个方向走。

海豚见了，也换了方向，同安德鲁岔开走。

他们几乎同时来到商场入口。

"别傻里傻气的。"海豚问，"你到底想不想跟我一起进去？"

"好吧。"安德鲁说，"等一下，你要……"

海豚盯着安德鲁看。"别费劲了。"海豚说。

"等一下，别走，"安德鲁说，"你要买什么？"

"离我远点儿。"海豚说，"你想问我是不是要'咿咿咿咿咿，咿咿咿，咿咿咿咿'地叫？你真是白痴。离我远点儿。"海豚看着安德鲁说。

"等我一下。"安德鲁说。

海豚走到旋转衣架中央，默默抽泣起来。

安德鲁朝四周看了看。

然后回家了。

海豚哭了一阵子，然后买了一把切肉刀。

海豚也回家去了。

它站在镜子面前。

它用刀尖抵住脖子，手紧紧攥着刀柄。

它朝镜子里看。

然后，海豚穿上一件夹克，坐飞机到好莱坞找伊利亚·伍德①去了。

"跟我一起私奔吧。"海豚说。

"你愿意驮我去海里玩儿吗？"伊利亚问。

"你得抓紧我的翅膀。"

伊利亚爬到海豚背上。

"你可真够笨的。我是说等到了海边，"海豚说，"不是在停车场里。"

伊利亚哈哈大笑。

"你这个白痴。"海豚说。

他们乘坐伊利亚的车来到海边。

海豚浮在海面上。

伊利亚爬上海豚背。

海豚游起来。

"真过瘾。"伊利亚说。

海豚游到一个小岛上。

"我去找个东西。"海豚说。

海豚在身后藏了一根粗树枝走回来。

"你看过《冰风暴》②吗？"伊利亚·伍德问，"小说结尾，主人公看见一个超人。很奇怪。电影没演这一幕。克里斯

---

① 伊利亚·伍德（1982— ），美国演员，因出演《魔戒三部曲》而闻名。
② 《冰风暴》是作家里克·穆迪的小说，后改编成同名电影，由李安执导。此片诠释了七十年代美国家庭伦理关系。

蒂娜·里奇①演过这部片子。

海豚拿树枝抽了伊利亚·伍德脑袋一下。

伊利亚·伍德跑了几步摔倒了。

海豚又朝他身上和大腿上抽。

伊利亚尖叫。

海豚把伊利亚拖进山洞，然后坐在他的尸体上。

山洞里又冷又黑。

海豚觉得不舒服。

它心情异常平静，可多少有点不舒服。

西恩·潘②的尸体被一只熊拖进山洞。

海豚把伊利亚塞进一个窟窿里，头盖骨被挤碎的声音响彻山洞。

熊愣了一会儿，然后把西恩·潘飞快地拖出山洞。

西恩·潘的头骨在地上摩擦，这声音跟刚才的碎骨声一点儿也不像。

---

①克里斯蒂娜·里奇（1980— ），美国著名童星，在《冰风暴》中饰演一个勾引两兄弟的荡妇。
②西恩·潘（1960— ），美国著名电影演员，曾获第76届奥斯卡最佳男主角奖。

为何总是事与愿违?

安德鲁在家冲完澡，吃了一根香蕉，然后出门遛狗。两只狗个头不大。他和狗狗一起住在大房子里。社区有保安看门。在邻居眼里，安德鲁举止怪异。"怪人"。安德鲁对邻居很发怵。社区大门有密码。萨拉的心房也有密码。对她而言，这是理所应当的事。安德鲁站在心房之外，日复一日年复一年地尝试各种数字组合。他两耳不闻窗外事，不工于心计，只想一直试下去。最终，卡夫卡[①]会从坟墓里爬出来，把他的故事改编成小说。他给狗喂食。琴房里的狗屎越来越多。可他不想管。把房子卖掉，装满一箱子钞票。他走到后廊。他

---

① 弗兰兹·卡夫卡（1883~1924），奥地利小说家。

想跳进游泳池，以闪电般的速度游二十个来回。他想象溺水的情景。他还想到了迷你高尔夫球。安德鲁走回客厅，躺在沙发上。手臂不动，淹死在水中。前途无望。然而未来就在眼前。一切都没意义。未来像潮水般朝他涌来。世间一切都是庸俗的，做作的。他该吃点东西。他从前总想，这杯有机豆浆能使我身体更健康，头脑更敏锐，这样就能写出更棒的文字。他还想过，吃得越少，上市公司赚得越少，世上的伤痛也就越少。如今，他想的是，幸福不可能发生。为什么会产生这种念头？《高斯福德庄园》是世上最差劲的电影。高斯福德？高斯福德？

"高斯福德，"安德鲁大叫道，"高斯福德。"

"眼下发生的一切都是浪费生命。"他自言自语说。

他在屋里追着狗狗跑。"狗狗。"他说。他养了两只吉娃娃，它们各有各的名字。养狗也是浪费生命？不，狗很善良。它们已经上了年纪。安德鲁替它们伤心。把狗狗当成萨拉吧。"萨拉。"他呼唤着。他爱抚两只狗。可它们跑掉了。他住的房子太大。他永远见不到它们了。他打算逮住它们，弄死它们。无数墓碑。地球是一座巨型坟墓。安德鲁要转换自己的思考方式。他要把房子卖掉。把琴房里的狗屎清理干净。他拿着卫生纸走到琴房。为萨拉弹一支曲子吧。她能感知到。

他磕磕绊绊弹完一首幻想即兴曲①。曲子听起来既庸俗又做作，而且声音太吵。别弹了。他停下来。谢天谢地，他想。待会儿再收拾那摊狗屎。或者永远不去管它。把房子卖掉。别瞧了，那只是一架钢琴罢了。别往那边走。别踩坏我的抽象艺术品。萨拉说过，前院里的树可以当车库用。满满一箱钞票。在侧院里击掌庆祝。埃伦坐在漆黑的客厅里。萨拉·提尔斯登。为什么安德鲁今天总想萨拉？不是天天如此吗？他记不得了。不能再琢磨了。死亡。想想死亡。还有宇宙二元性。安德鲁的妈妈在德国，她正盯着天花板琢磨死亡这件事呢。松鼠妈妈一脸迷茫地从他身边飞过。萨拉曾说过，我认为，会飞的松鼠不该成天混日子，它们应该找份正经工作。有人成功，有人失败。人人都有一张脸。三个愿望。萨拉。安德鲁想大声咆哮。在树屋里策划一场流血冲突。安德鲁打算杀人。他走回楼上自己的房间，放了一张沉闷的音乐 CD，然后躺在地板上。他从床上拽过一条毯子盖在身上。萨拉。

楼下传来一声巨响。

安德鲁听到上楼的脚步声。

他站起身走到床边。

坐到床上。

---

①即兴曲是一种 19 世纪抒情性乐曲，不预先把谱子写出来，而是在乐器上一面创作一面演奏。幻想即兴曲是这一体裁的典范作品。

一只熊走进了安德鲁房间。

它盯着安德鲁看。

它一边盯着安德鲁，一边用爪子挠墙。

熊找到空调调节钮，调低了温度。

安德鲁躺在床上睡着了。

醒来时，他觉得屋里变冷了。

熊站在那儿"嗷嗷"地叫。

"北极熊，"安德鲁说，"你达到目的了？"

熊瞪着安德鲁。

它拿起一张 CD，可视线没有离开安德鲁的脸。

它看看手中的 CD，望望安德鲁，又把 CD 放了回去。

"放回去，"安德鲁说，"嗯，这就对了。"

"我已经放回去了。"熊说。

"我知道。"

"我想找个东西。"熊说。

熊走下楼。过了一会儿，它握着一把大锤子回来了。

熊抡起锤子在地板上砸了一个洞。

熊瞪着安德鲁。

熊假装往洞里跳。

熊腾空而起，瞬间消失了。

安德鲁走到窗口。

熊跑过邻居家的花园。

在灌木丛前，它纵身一跃，摔在草地上。

熊举起大锤子朝灌木丛抡。

它摇身一变，变成一辆卡车从灌木上轧了过去。

很快，它又恢复了原样。

它一边抡大锤朝树砍，一边高声尖叫。

熊消失了。

等它再次出现时，熊把安德鲁拥在怀里。

"我很难过。"熊说，"给我些建议吧。"

"我不知道说什么好。你去日本吧。"安德鲁说，"现在是日本的早上。"

"去日本什么地方？"

"去找一栋房子。"安德鲁说。

"一栋房子。在哪个城市？"

"一栋河边的房子。"安德鲁说。

"好。"熊说完消失了。

安德鲁回到床上。

他盖上毯子。

他把脸埋在枕头下面。

那年放春假时，她来了佛罗里达州。她往裘帕·希莉脸上画小鸡鸡。在杜安里德药店，她说，没什么。收银员问，你说什么？他们坐在各自的树杈上。他应该挪到她跟前。可那阵子，他情绪太差。他一直都是这样。他应该高兴点儿，应该开怀大笑。可他忘记了高兴的滋味。他心情烦躁，再也高兴不起来了。你的冰棍看起来神经兮兮的。萨拉笑了。他应该飞快跳到她坐的树枝上吻她。他应该猛地抱住她，然后和她一起舞蹈。他们应该留在佛罗里达不走。他们应该在树上跳舞，然后掉到地上，一起被送进医院。他们在医院里亲吻彼此。为何总是事与愿违？

每当安德鲁思如泉涌，他便会怀念当初对写作的憧憬，他甚至觉得绝望是错的；他试图把眼前发生的每一件事当作不久就要用来怀念的事去体验——这时他发觉，沮丧是不对的——就像书上的文字一样不真实。

"蝙蝠侠[①]的坐骑真像坦克。"在曼哈顿一家日本料理店里，安德鲁对马克说。他们俩谁都没在纽约生活过。"他是在自娱自乐吗？看样子他一直到处鬼混。"

　　"我也许不该跟你一起看这部片子。"马克说。他们打算一起去看新上映的《蝙蝠侠》。马克喜欢蝙蝠侠，可他更爱蜘蛛侠[②]。"还是我自己去算了。"

　　"我想看。"安德鲁说，"只要打心眼里乐意，我就能尽兴。我是说，能'沉湎于剧情当中'。如果我选择这样做的话。你

---

① 蝙蝠侠，1939 年 5 月美国《侦探漫画》第 27 期中诞生的虚拟人物，是个伸张正义打击犯罪的超级英雄。
② 蜘蛛侠，源自漫画的超级英雄形象。

说对吗？"

"谈不上'沉湎于剧情当中'。"马克说，"那不过是——《蝙蝠侠》。你真是个自命不凡的家伙。"

"我才不是呢。我喜欢梅尔·吉布森演的《勇敢的心》。"安德鲁笑着说。苦笑。马克没吭声。安德鲁听说，马克来自新加坡，目前在读研究生。一天晚上，军营礼堂里放映《勇敢的心》，电影结束后，长官给大家上了一堂爱国主义教育课，还引用了片中台词。"这是披头士的歌？"安德鲁问。日餐馆里正放着披头士的音乐。"好像是。"

"没错。我喜欢披头士。"

安德鲁漫不经心地四下张望，脑袋一片空白。他喝光了杯里的水，然后目不转睛地盯着杯子看。和梵蒂冈城一样，新加坡首都新加坡城也和国名叫法相同。梵蒂冈城只允许天主教徒居住。要想进城就必须请大主教在护照上盖戳。除了礼拜天，大主教每天都要花一个小时做这件事。到了礼拜天，他会四处乱逛或是找个凳子坐下来。所以说你得花不少工夫才能找到他。有时，他会躲到树上。安德鲁又想起了萨拉。他想，世间万物都不真实。这一瞬，一股喜悦感向他涌来——这种喜悦与价值、语言和含义没关系。"披头士……"他说，"他们——我是说，他们信上帝吗？"

"我也说不上来。"马克说，"说他们凌驾于上帝之上，或是甘当上帝子民似乎都不妥。"

"他们唱过一首歌，里面有一句歌词好像是'耶稣施爱于你'。"

"不对，"马克说，"那不是他们的歌。"

"哦，"安德鲁说，"那是谁的？"

"我也不清楚。"马克回答。

安德鲁拿起胡椒瓶。他心生厌倦，恨不得反复唠叨：我感觉好无聊啊。虽然他知道自己言过其实。安德鲁总感到无聊。要是几天不念叨这句话，就会觉得不自在。

"美式摇滚乐。"马克说。

他们闷头吃饭，一言不发。几周前，他们还像好哥们儿一样。有天晚上，两个人走到联合广场附近，马克说："能问你一件事吗？"安德鲁还以为是关于自己的。"怎样才能快乐？"马克问，"从小到大我从没感到过快乐。真不知如何是好。"安德鲁想拥抱马克，或者——送他三个愿望——可惜他没这么做。他说简·里斯①也说过自己童年不幸。"读读她写的《早安，午夜》。"安德鲁建议说。还有一次，马克给安德鲁讲了一个故事。（周五晚上，马克在咖啡厅里听见有人和女服务生提到"无聊"。等那人离开，马克走到女服务生跟前

---

①简·里斯（1890—1979），多米尼克小说家，著有长篇小说《茫茫藻海》。

说:"我也觉得无聊。"对方回答:"无趣的人才会觉得生活无聊。"马克付了茶钱匆匆离开。)安德鲁也给马克讲了一个故事。(有一堂写作课下课后,老师宣布安德鲁获得了"最佳本科生写作奖"。"你凭什么得的奖?"一个叫萨拉的同学问。"我写了一个故事。"安德鲁回答。"什么故事?""我保证你没读过。"安德鲁回答。"为什么?""因为我一共写了十个故事,你都没读过。""能让我看看吗?""全部?""对。""你不会看的。别假客气了。你真是疯了。""我没跟你客气。""我给你发电子邮件吧。"安德鲁说。"好。"萨拉答应说。事实上,她始终没去读那个故事。毕业后,萨拉搬去了马萨诸塞州。网上聊天时,她不止一次答应说要去看安德鲁,可一年过去了,她始终没来。)

"你觉得总统人怎么样?"安德鲁问。

马克往嘴里塞了一口面条。

"我认为他比人们想象的聪明。"安德鲁说,"他常在电视上挤眉弄眼,速度快得几乎没人察觉得到。我觉得他总爱表现出一副冷嘲热讽的样子。"安德鲁停了一下。马克没吭声。"我的意思是,上电视的人都这副德行。"安德鲁继续说,"总统对此心知肚明,所以他的情况更严重。要想在现实世界里显得冷嘲热讽,就得在电视上加倍表现。如此推算,假如一个上电视的人没有丝毫挖苦的情绪,那么在现实里就是负挖苦。有道理吧？负挖苦。"这个词就像给一支拥有右派拥趸的说唱金属乐队起的名字，或者是一部去年上映的电影名，电影当初是独立制作，之后拉到MTV①的赞助，电影开头虚无缥缈，结局不痛不痒——这种片子多半是去年上映的。

"冷嘲热讽是一种绝对特权。"马克说，"只有衣食无忧了，才会想起挖苦别人——掏四千万拍《水中生活》②和《核潜艇》③的人，绝不靠这份工作糊口。"

"我明白。"安德鲁说，"那你说怎么办呢？"

"我也说不上来。"马克说，"回头是岸——你明白吧。我的意思是，现如今人们张口闭口就是'我郁闷，你也郁闷，不如我们凑在一起郁闷吧。'"

"这句话当电影名倒是不错。"安德鲁说，"假如真有这部片子，我肯定会去看。你也会去。我说的没错吧？"

"我不会。你以为咱俩是同一类人，其实不是。"

"对，你是新加坡人。"

安德鲁心不在焉地看完了《蝙蝠侠》，不夹杂丝毫挖苦，也谈不上兴致勃勃。也许还算得上尽兴。刚走出电影院，他就开始喋喋不休地质疑影片的可信度，故事节奏，还有好莱

---

① MTV (Music Television)，全球音乐电视台，也称音乐电视网，专门播放音乐录像带，尤其是摇滚乐的有线电视网。
②《水中生活》(1994)，由韦斯·安德森导演的美国影片，讲述一个深海冒险故事。
③《核潜艇》(1959)，由斯宾塞·贝内特导演的美国科幻动作片。

坞。连蝙蝠侠喝的冰沙都成了他奚落的话题。马克说，安德鲁唯一擅长的就是无休止地抱怨，这种态度毫无意义。安德鲁承认，可他身不由己——他不是发牢骚，只是想开个玩笑。马克将他的性格归结为一种社会现象，并对此抱怨了一会儿。接着，他开始讨论后现代主义、白色人种和米兰达·裘莱①。说到白色人种时，安德鲁便开始走神，萨拉在他的脑中若隐若现。（"我怎么没读过这本书？"）马克说他真该一个人看电影。安德鲁叫马克住口。马克换了一种表达方式，又重复了一遍。安德鲁说，要是拥有快速移动和攻击本领就好了。在蝙蝠侠面前，他显得行动迟缓，像残疾人似的。蝙蝠侠的形象既荒唐又讽刺，连十岁小孩都觉得可笑。马克说的没错，他只会无休止抱怨。很久以前，安德鲁在佛罗里达的朋友史蒂夫说我为什么总抱怨个不停时，安德鲁不觉得烦。萨拉说我只会抱怨时，安德鲁同样洗耳恭听。如今换安德鲁说我只会抱怨，原因何在时，却没人答理了。

"我被你搞得不想看《蝙蝠侠》了。"马克说，"我恨你。"

"我才不信呢。"安德鲁说，"别胡说八道。"他问马克，蜘蛛侠和蝙蝠侠相比他更喜欢谁。马克刚开口，安德鲁就知道他想说什么，所以后面的话安德鲁没去听。当时，他们正

①米兰达·裘莱（1974— ），美国电影制作者、表演艺术家、歌手和作家。

走在纽约第三大道上。（"如何找乐子？"）街上的路人放声大笑，每到周五，曼哈顿人就喝得烂醉吗？明天是周六。白天，安德鲁要去图书馆工作，查收电子邮件。晚上继续写他的短篇小说。小说主人公都受到了命运的诅咒，听起来合情合理，因为人人如此。小说中的每个句子都要关照这一主题，否则安德鲁会觉得自己和故事一样"操蛋"。写作是一件既乏味又徒劳的事（尽力将绝望的过往和臆想的未来用客观、生动的方式表达出来）。每当安德鲁思如泉涌，他便会怀念当初对写作的憧憬，他甚至觉得绝望是错的；孤独和悲伤之时，他试图对当下充满期待，其中掺杂着思念、欲望和怀旧情绪；试图把眼前发生的每一件事当做不久就要用来怀念的事去体验——这时他发觉，沮丧是不对的——就像书上的文字一样不真实。叔本华曾说，生命不是一本有待完成的书，生命之书已经写好，它是一个远离苦痛的过程，说到底，痛苦是身外物。人应该欣然接受一切。世界就在眼前。万物皆然。马克偏爱蜘蛛侠。这个事实如同'安德鲁'一样客观存在着。他想把自己的想法说给马克听，可他没有。"我觉得心里很乱。"安德鲁说。

"真搞不懂你为什么闷闷不乐。"马克说，"你的朋友那么多，而我一个都没有。"

"我也没有朋友。好了，我不郁闷了。"

"真是这样，你就会高高兴兴看《蝙蝠侠》，而不是满口牢骚。"马克说。

"我的确很高兴。"安德鲁说，"我高兴时才发牢骚。"

他们一言不发地走过了一个街区。

"我希望蝙蝠侠和我一样不高兴。"安德鲁说，"他整天穿着蝙蝠侠披风躺在床上。咱们应该拍这样一部电影。"

"好主意。"马克说，"每天早上阿尔弗雷德①都给他端一杯抗抑郁冰沙。"

"罗宾②边看电视边喝酒。"安德鲁说，"他说，'我是个光天化日之下的大酒鬼。'镜头随后转向山洞，蝙蝠侠正躲在里面，然后是个脸部特写，蝙蝠侠神色紧张，浑身颤抖。"

"这下你就满意了。全世界都郁闷你才高兴呢。"马克说，"没准，这是你喜欢我的唯一原因。"他稍显迟疑地说。

"不对。"安德鲁回答。

他们盯着红灯等了一会儿，然后穿过马路。

"我不喜欢乐天派。"安德鲁说，"他们挺高兴的，就不需要别人关心了。"

"哇，你真无私，"马克说，"简直像个圣人。这种无私的精神值得表扬。你太棒了。"

---

①蝙蝠侠布鲁斯·韦恩的老管家。
②蝙蝠侠的搭档。

"你老爱挖苦人。"安德鲁说，"不过这样挺好。我就是搞不懂，你这么擅长冷嘲热讽，怎么会打心眼里喜欢《蝙蝠侠》。"

"因为我不张狂。"

"哦。"

安德鲁发现黑漆漆的巷子里站着一个外星人，他身后还有一只麋鹿。

一只熊把马克和安德鲁往巷子里推。

"你们瞧。"熊说。

熊说完就不见了。等它再出现时距离刚才站的地方有三英尺远。

"发生什么了？"熊问。

"你穿越了时空。"马克说。

熊第二次消失，然后从一英尺高的空中落到地上，膝盖蹾了一下。

接着熊又不见了，再次出现时躺在地上。

一转眼，熊再次消失，接着在五英尺开外的地方现身。

"我觉得无聊。"熊说，"看我施展移行大法。"

熊走到马克跟前。

它朝马克肩膀挤了一下。

"我觉得无聊。"熊说。

马克掏出一张二十块钱的钞票，举到熊面前。

熊瞪着安德鲁。

"我也觉得没意思。"安德鲁说。

熊又不见了。

有东西从安德鲁身后跳出来。

安德鲁转过身。

是外星人。

安德鲁一溜烟儿跑了。

安德鲁去小卖部买了一杯胡萝卜汁。

马克走到安德鲁跟前。

"喂，"马克先是正对安德鲁，接着扭过头看他的侧脸，"你饿吗？"

"你想吃东西？"安德鲁说。

"无所谓。可以吃点。"

"那咱们走吧。"

他们又走进一家日本餐馆。安德鲁不知从哪儿听说，日本人当年发明了一种会跳舞的女机器人。他去过日本——虽然只有一次。要是还待在那儿该多好。他想象自己走在日本第三大道上。日本也有个第三大道。女机器人给他唱起了小夜曲。"日本比纽约好。"他说。他不想解释。因为一旦解释起来就没完没了。到头来，人们发现对话只是一种语言符号罢了。谈话到底有没有意义？"就当我没说。"安德鲁说，"我也搞不懂。"拒绝解释是一种病——听上去不妙。安德鲁不愿费劲搞明白。没准他需要来点儿抗忧郁药。（"阿尔弗雷德会给他端一杯抗抑郁冰沙……"）看医生，填表格，花三周时间等药效发作——真麻烦。为什么要等三周时间？不太对劲儿。药效应该缓慢释放才对。大概只是措辞不同吧。"药效发作。"安德鲁沉默不语。此时已是三月。三月，安德鲁默念道。安德鲁时常产生这种感觉：生命高悬在半空，而杰克逊·波洛克[①]笔下的春天、夏天、秋天，和乌沉如铅的萧瑟冬日，则是一个回归和纠正的过程；好像在精神重力牵引下，朝更睿智的死亡状态陨落一样——这个过程也许是无意识的；重力会骗人？一种既缓慢又急促的运动；用来思考的时间充裕又短暂。两个人瞪着菜单一言不发。他们已经混熟了。安德鲁知道，过了今晚他们就不会一起出来玩了。他再也见不到马克，再也听不到他讲话了。服务生走过来。他们点完菜，把菜单留在桌上——纯粹为了盯着发呆。

"他们给的鱼都不好。"马克指着面前的海鲜沙拉说。

"怎么可能？所有种类都在这儿了。"安德鲁说，"你到底想吃什么？"

[①]杰克逊·波洛克（1912—1956），美国艺术家，抽象派表现主义运动中坚力量。其作品被视作二战后新美国绘画的象征。

"金枪鱼，三文鱼。"

"沙拉里都有。"没错，两种鱼都在盘子里。

"这是什么鱼？鱿鱼？"

"是章鱼。"安德鲁回答。

"章鱼。"

"对，章鱼。"安德鲁说。

"章鱼。"马克说。

麋鹿常说"谢谢"。

熊出现时，它家厨房墙上正趴着一只仓鼠。

熊坐在椅子上。

像蜘蛛一样，仓鼠顺着天花板从一面墙飞快蹿到另一面墙去了。

熊朝卧室走去。

"我的心怦怦直跳。"熊对女朋友说。

"心？"熊女朋友问，"怎么回事？"

"快看，有只仓鼠。"熊说。

"你过来。"熊女朋友说。

"我不想做爱。"熊说。

熊女朋友拿着毯子走进厨房。

仓鼠坐在桌子上。

接着，它纵身一跃，蹿上墙头跑掉了。

熊女朋友回到卧室。

熊正在床上躺着。

熊女朋友也躺了下来。

"我不想动弹。"熊说，"不想挪窝，更不想动脑子。"

"我给你口交。"熊女朋友说，"别让我扫兴。"

"不想。我已经说过了。"

熊女朋友从床上爬起来跑进厨房。仓鼠坐在桌上。

熊女朋友把毯子盖在仓鼠身上。

熊跟着走进厨房。

"它会窒息而死的。"熊说。

仓鼠把毯子嗑出一个窟窿，从里面钻了出来。

仓鼠立在原地。

"想不到它还有这一手。"熊女朋友说。

"我见识过。"熊说。

"你刚刚还担心它被闷死。"熊女朋友说，"你用了'窒息而死'这个词。"

"我不记得了。"熊说。

"我是说我自己。"熊说，"我感觉自己快要窒息了。"

"你们俩真啰唆。"仓鼠插嘴说。

"我也有同感。"熊说。

熊女朋友在桌子旁坐下来，把仓鼠握在手里。

熊女朋友轻轻扇了仓鼠一个耳光。

熊坐到桌子旁。

"我想杀死索尔·贝娄①。"熊说，"我知道他已经死了。"

"你的小说还不如意吗？"熊女朋友问道。

"情节太弱智了。"

"我想啃点什么。"熊女朋友说。

"我觉得自己像倒立一样。"熊说，"特别难受，简直糟透了。"

仓鼠睡着了。

"它被咱俩说困了。"熊女朋友说。

"我应该一口气把伟哥、抗抑郁药、利他林②和咖啡因吞下肚子，"熊说，"然后吐到马桶里，再去游泳池里泡个澡。"

"它装睡呢，"熊女朋友说，"它懒得答理咱们。"

"它嘲笑咱俩无聊。"熊说。

"我刚才已经睡着了。"熊女朋友说，"现在才算无聊呢。"

"我想找只麋鹿揍一顿。"熊说。

有时，麋鹿即便睡着了也有知觉。醒来后，它们被一只熊揍了，但没有因此发脾气。那年，麋鹿还没害上妄想症。它

①索尔·贝娄（1915—2005），继福克纳和海明威之后美国最重要的小说家之一。
②一种神经中枢兴奋药。

们接受现实，世界本身就是一个不争的事实，事实无所谓好坏，通通摆在眼前——只有在漫长的痛苦期后，一个人开始舒适地享受音乐时，才能够领悟到这种世界观——因此，麋鹿从不发表意见，它们淡然处事，从不感到恐惧和仇恨。它们看见熊手里拿着毯子，就说了句"谢谢"。

熊有时会全身发冷。

然后嗷嗷大叫。

它从麋鹿头上拽下毯子，又扇它一个耳光。

麋鹿常说"谢谢"。

那年，麋鹿们站在昏暗的小巷里。它们当时足有一千磅重，胖到连脑筋都不想动。大部分时候，它们站在黑暗中，目光呆滞地望向远方。在光影斑驳的小巷里，麋鹿通常站在暗处，盯着光亮看——它们脑袋里什么也不想。有时，外星人会和麋鹿肩并肩站在一起，倒不是因为他们关系亲密，只是碰巧挨到了一起。通常情况下，外星人独自站在漆黑的过道里，但有时，他们会糊里糊涂地出现在麋鹿身后、旁边或头顶。熊偶尔骑在麋鹿身上，麋鹿感到温暖而幸福，然后不自觉地奔跑起来。那年，麋鹿没什么朋友。多半时间，它们都懒洋洋地靠在同伴身边。假如同伴离开，它们就倒在地上。

麋鹿睁着圆溜溜的眼睛四脚朝天仰在地上的情景令人心酸。

所以，熊通常在麋鹿脸上盖一条毯子。

熊喜欢到处盖毯子。

有时，熊会突然期待西恩·潘出现。

比如看电视时，它会想象普利策颁奖典礼的情景。

然后发一会儿呆。

熊心想："我真想揍西恩·潘一拳。"

西恩·潘就出现了。

他抡起胳膊打熊。

熊想制止他。可西恩·潘手里有刀。熊失手把他捅死了。

熊想："哦，我的天哪。"

说完在西恩·潘尸体上盖上一条毯子。

说到底，年是什么？
不过是浮在空气里围着太阳转一圈罢了。

埃伦清楚地记得，有一年她订下的新年计划（订新年计划这件事真蠢，可上课实在太无聊，她列了一个计划清单，然后从中挑了一个）是让自己变得更聪明，多去思考事物本质。正因为如此，埃伦当年的学习成绩提高了，她变得自信满满。在她眼中，周围人又蠢又呆，他们的想法也惹人讨厌。她上十年级了，在同学和家人身上发现一种现象，当他们干完一件并不怎么刺激和疯狂的事之后，会得意地说一句"干吗不做"。不然就是先放出"干吗不做"的大话，然后勉强完成一件毫无意义的事。大多数人只会唠叨"干吗不做"，等该行动了又开始抱怨说"这事太难办"。事实上，他们什么都没做。

当然，那一年照旧发生了别的事——埃伦觉得年年如此。说到底，年是什么？不过是浮在空气里围太阳转一圈罢了。计量时间真讽刺——多半是碰巧发生，也有冲动所致，要不就是某种情结反复暗示的结果。（就像一道七年级方程算术题在不断找寻答案：天地苍穹和芸芸众生到底意味什么？难道说，这道算术题注定无解？）

埃伦曾经把一个"禁止掉头"的路牌撞倒过。当时她十六岁，没有驾照，也不想考——开车污染环境，况且她没钱，更不想排五小时长队，挂掉一个愚蠢的考试——那晚，家人都睡熟了，埃伦突然想吃意大利香醋汁苜蓿芽，于是她洗完脸，跑到大街上。哥哥史蒂夫的本田思域车停在路上，车钥匙就放在仪表盘上（一副闷闷不乐的样子，但并不让人觉得愚蠢，埃伦庸人自扰地想）。"禁止掉头"路牌倒了，她吓得半死，逆行开了好半天。突然，埃伦头脑中浮现出许多汽车撞击试验用的假人，她变得异常镇定，如同身处真空之中——违反交通规则的事实渐行渐远，时光飞速倒流，她恍惚来到一个更真实的世界，在那里，无论朝什么方向行驶都合法。埃伦陷入沉思，她觉得，这就是所谓的冥想——她轧着中线把车开到马路另一侧，右侧后视镜剐到大树上折弯了，镜子贴在车窗玻璃上，她将就着把车开回家。在家门口，她开始琢磨如何销毁证据。她停好车，把钥匙放回原处，又花了九牛二虎之力把撞坏的后视镜扳下来——事实上，她很快意识到后视镜没有坏，只要把它恢复原位就行了。但她没有住手，还是强行把镜子扳了下来——然后，她飞快穿过马路，把那破玩意儿顺手扔进邻家后院。埃伦蹑手蹑脚踱进屋，装得像圣人一样清白。她看见哥哥史蒂夫在沙发上睡着了，两个妹妹正在厨房里吃东西。埃伦走近时，她们赶忙把吃的藏了起来。她走回自己房间，倒在床上。过了好久，她困得打了个哈欠，闭上眼睛睡着了。突然，她心无旁骛地瞪着屋子另一头——意识十分清醒，好像有意装模作样似的——那里摆着书架、电脑、写字台和音响。

这件事发生在冬天。春天转瞬即至。而今，每当埃伦躺在床上感到孤独无聊，便会幻想当时撞倒的不是一个路牌而是一个人——那人头戴牛仔帽，扮成"禁止掉头"路牌的样子——然后在想象中和同学们聊天。这些同学和她一样爱听朋克乐，他们打扮入时，头发染得鲜艳又漂亮，她希望和他们成为朋友。

"我觉得自己撞了人。"

"不，你没有。"

"我撞倒了'禁止掉头'标志牌。那是犯法的。"

"你真诚实。就凭这态度，你的罪过也能一笔勾销。"

"我跟法官说：'咱们扯平了。'"

"法官回答：'嗯，好吧，我宣布撤销诉讼。'"

埃伦把自己裹在毯子里，她清醒地想象着这番对话，同时感到深深的孤独和无助——每一个忠于自我的行为都是对自我意识的强化和适应，可埃伦不想做她自己——绝望得快要喊出声来。

"希望傻叉都受到公平审判，他们死有余辜。"

英语课上，有个同学说他希望世上的傻叉都死掉。代课老师一脸茫然地笑了笑。在停车场里，有人无意间听见她骂自己男朋友傻叉。距离十年级结束还有八周。

埃伦举起手。她一般不当众发言，可今天，她看大家全都心不在焉的。有人拼起四张课桌，凑在一起玩起了桌游。"我们可以考虑一下非暴力方式。"埃伦建议。

"希望傻叉都受到公平审判，他们死有余辜。"

"你说的没错。"埃伦说。但她并不十分肯定。恐怖分子难道不想和普通人一样得到幸福？吃麦当劳同样是谋杀——他们变相支持麦当劳扩张到日本和其他国家，使那里的孩子变成肥胖儿，得心脏病或是癌症死掉——和恐怖分子有什么区别？

相比之下，恐怖分子更直接，更磊落，不是吗？为什么非洲卢旺达人互相残杀的消息无人问津？麦当劳为什么不到非洲开免费餐厅，救助那里的人？为什么老师允许学生骂傻叉？

"《1984》这本书主要讲了什么？"老师提问。班里正在讨论《1984》。

埃伦举起手。"我认为，这本书揭示了政府如何欺骗人民，控制人民。就像我们眼下经历的一样。政府教育人们说，美国人的命比英国人值钱，英国人的命比非洲人值钱。"她害羞地说。

老师听了微微点头。她拿起教鞭朝一个学生指了一下。他茫然地望着老师。

"故事最后，他们下了一盘象棋。"一个同学说，"他们把老鼠放出来咬他，然后开始玩象棋。"

"象棋没意思。"老师说，"谁同意我的说法？"她刚从研究生院毕业，对什么都不在乎。她在停车场里骂男朋友傻叉。

"下棋人爱花工夫在后院种西红柿什么的。"埃伦说，"大家记得吗，今天早间新闻里说伦敦死了两个人。换作我会说，下棋人在非洲屠杀了五百人，因为他们三心二意，对自家花园照料不周。他们说的没错，这是事实。"埃伦不想跟任何人争论。她只想道出事实。

"假如有人拍电影——电影版《1984》——我认为，所有角色都应该留长发，听重金属乐，"代课老师继续说，"穿蜡染T恤和带窟窿的牛仔裤，大家围在一起看《早餐俱乐部》^①。"

有几个同学听完哈哈大笑。埃伦举手问："你为什么要这样？"

"怎么了？"老师问。

"我也不知道。"埃伦说。

"下课找我一趟。"代课老师说完在黑板上画了一幅乔治·奥威尔^②漫画。虽说画得不错，可学生们的注意力早就转到别处去了，他们开始讨论起动画片《恶搞之家》^③还有各种在线角色扮演游戏，还有个家伙说要戴上橄榄球帽，把爆竹点着，然后挥舞球拍朝人脑袋上来回抽打着玩，说那样一定很有趣。"今晚我就试试，否则我对着卫生间镜子把自己脑袋砍下来。"一个同学信誓旦旦地说。

"你叫什么？"课后，代课老师问埃伦。

"不知道。"埃伦回答。

老师听完笑个不停。埃伦走出教室。在接下来的一堂课上，埃伦画了一个美国土著人，他领着一群火鸡朝白宫走。

---

① 《早餐俱乐部》（1985），一部探讨青少年问题的美国影片。
② 乔治·奥威尔（1903—1950），英国记者、小说家、散文家和评论家。代表作《动物庄园》、《1984》。
③ 《恶搞之家》2007 年首播，以荒诞的家庭生活故事为主题，是美国最受欢迎的动画片之一。

火鸡长得像纸杯蛋糕一样。她在火鸡旁画了一个箭头，写下"火鸡"两个字。下课后，有个女孩走到埃伦跟前，她穿的T恤上印着"矿物质"三个字。"嘿，"她打招呼说，"我喜欢你画的画儿。"埃伦脸红了。"你跟代课老师说不知道自己叫什么来着？你可真棒。"埃伦不知说什么好。她向来不善言辞。"我讨厌上学。"她说。一帮学生从身边经过，穿"矿物质"T恤的女孩跟着他们走了。埃伦又熬了三节课。她想，放学后一定要找个东西砸。埃伦穿过空场，沿着街道往家走。她坐在床上。她时常坐在那儿默念"埃伦……埃伦……埃伦……埃伦……埃伦……"，今天也一样。她想到了死。过了一会儿，她躺下来。她觉得肚子饿。她从床上爬起来，眼前出现一只海豚。

海豚"咿咿咿咿咿，咿咿咿，咿咿咿咿"小声叫。

"你想跟我一起玩儿吗？"海豚问。

埃伦看看自己的脚。"好。"埃伦回答。

海豚拉起埃伦的手。

他们走到后院。海豚打开一扇秘门。

他们顺着梯子往下爬。

爬到一半时，他们遇到一只熊，它正往上爬。

"你做个穿越吧。"海豚说。

"我不会。"熊回答。

"为什么？"海豚问。

"就是不会。"熊说。

"真的吗？"

"当然。不对，我忘了自己拥有穿越的本领。"

"你真爱挖苦人。"海豚说。

"一只熊。一只爱挖苦人的熊。一只熊，一只海豚。"熊说，"一只笨熊。一只该死的麋鹿。"

"我们两个人，你一个人，所以你该掉头往下走。"海豚说。

"好吧，"熊说，"反正世上都是荒唐事。"

海豚，埃伦和熊一起顺着梯子往下爬。

眼前出现一条走廊。

"谢谢你。"海豚对埃伦说。

海豚抱抱埃伦。

"我喜欢你。"海豚说。

海豚看着埃伦。

熊用爪子在墙上挠。

"总之，谢谢你能来。"海豚说。

埃伦看看自己的脚。

她穿了一双塑料凉拖。

一双蓝绿相间的凉拖。

熊发出了一声细弱的尖叫。

埃伦和熊四目相对。

"你想一起来吗？"埃伦问熊。

熊一边挠墙一边看看海豚。

"算了吧，"熊说，"反正我也高兴不起来。我不喜欢三个人玩。"

熊跪在地上打开一道秘门，它想爬进去，可门太小了。

熊站起来。

"其实我不用去那儿。"熊说。

熊带了一条毯子，它把毯子工工整整叠好。

"我也不知道要去哪儿，"熊说，"还是回家写我的小说去吧。"

熊顺着梯子往上爬走了。

海豚和埃伦一起走到悬崖边。

海豚跪下来打开一扇秘门。

他们顺着隧道往里爬。

隧道尽头有间屋子。

屋里摆了一张床，一个冰箱和一棵圣诞树。

圣诞树上挂着一闪一闪的彩灯。

"你饿吗？"海豚问。

海豚把盘子递给埃伦，上面放着一块小松饼。

"有点儿。"埃伦回答。

埃伦吃松饼时，海豚一直看着她。

"谢谢你。"埃伦说。

"你想吃蛋糕吗？"海豚问。

"无所谓。"埃伦说。

空调停了。

屋里十分安静。

圣诞树闪闪发亮。

冰箱默不作声。

"你还想再来这里玩儿吗？"海豚问。

"我乐意。"

海豚拉起埃伦的手，他们回到埃伦房间。

"我玩得真高兴。"海豚说。

埃伦抱抱海豚。

海豚哭了。

海豚"咿咿咿咿咿，咿咿咿，咿咿咿咿"小声叫。

"你真好。"埃伦说。

"你喜欢刚刚吃的松饼吗？"海豚问。

"喜欢。"埃伦回答。

海豚看着埃伦。

埃伦坐在床上盯着自己的手看。

埃伦又瞧瞧脚上穿的凉拖。

海豚也盯着凉拖。

"还想玩点别的吗？"海豚问。

"好啊。"

海豚拉起埃伦的手。

他们穿过秘门、走廊，顺着梯子来到一间电梯。

电梯里挂着许多镜子。

埃伦看着镜子里的海豚和自己。

海豚的皮肤看上去更光滑。

海豚给埃伦戴上眼罩。

他们爬过一个隧道。

眼前出现一个游乐场。

埃伦走进游乐场。里面十分安静。

她感到平静。

海豚顺着滑梯滑下来。

埃伦爬到滑梯顶，然后滑下来。

海豚"咿咿咿咿咿，咿咿咿，咿咿咿咿"地叫。

埃伦朝秋千走去。

他们一起荡秋千。

海豚"咿咿咿咿咿，咿咿咿，咿咿咿咿"地叫着。

埃伦凝视海豚的脸。

海豚长得十分俊秀。

埃伦看着海豚"咿咿咿咿咿，咿咿咿，咿咿咿咿"地叫唤。

生命充满忧伤，
花一年时间来体验这种忧伤也不失为一种美妙的经历。

那年，海豚常常觉得头重脚轻，总想躺下来。即便不把脑袋顶在上头，它们依旧思绪万千，心里一团乱麻。在人多热闹的地方，它们会感到忧伤。于是它们在洗手间里相互拥抱，然后发出"咿咿咿咿咿，咿咿咿，咿咿咿咿"的低吟。到了周末，海豚会结伴去游乐场。它们坐在滑梯顶端——那是一个封闭的区域，颜色鲜艳的塑料滑梯闪闪发光——清醒而忧伤，好像一个长不大的孩子。有一次，海豚不小心睡着了，一个小男孩的妈妈拿起扫帚朝它们身上戳，海豚闭着眼滑了下来。它们落到地上，十分难为情。回到家，躺到床上，它们觉得心情糟透了，而且它们怀疑这一整年都会如此。既然这样就破罐子破摔吧。生命充满忧伤，花一年时间来体验这种忧伤也不失为一种美妙的经历。每当这念头在周末夜里跑出来，海豚就觉得像做梦一样：旷野上，微风轻拂一朵粉色小花，它和海豚在梦中相遇。忧伤宛如一片粉色的森林，走得越深，忧伤愈加稀薄，最终，眼前出现一片开阔地，海豚独自朝它走去。有时，忧伤就像抵在面颊上的一把刀。海豚只得一动不动地站在原地哭泣。有时，小海豚感到寂寞难耐，但这种孤独感又让它觉得很美好。悲伤是完美而优雅的，这令它不安。它们有时还会离家出走，过好一阵子才回来，然后坐在房间里享受孤独的滋味。

有时，海豚独自去游乐场玩攀架，荡秋千。它们坐在秋千上想："这个愚蠢的世界真让我讨厌。"

"我恨你。"它们想。

海豚迎着风抽泣。

然后又难过地走开。

海豚找到伊利亚·伍德，叫他跟它们走。伊利亚同意了——他以为是去拍电影。伊利亚·伍德和萨尔曼·拉什迪[①]等名流骑在海豚背上游过大江。萨尔曼·拉什迪觉得十分风光。海豚游到岛上，拿起粗树枝朝伊利亚·伍德和其他名人身上一通乱抽。它们一边杀人一边痛哭，场面很恐怖。

[①]萨尔曼·拉什迪（1947— ），印度裔英国作家。作品《撒旦诗篇》激怒伊斯兰原教旨主义者，引发全球争议。

一只海豚用战斧杀死了王家卫①。

对付王家卫相对容易，因为他总戴着墨镜，什么吓人的场景都看不到。

有时，海豚能感知到已故的亲戚——兄弟姐妹和叔叔阿姨——它们常说："死亡无疑令人难过，除了善待活着的人，别无其他选择。"可它们并没按自己说的做。它们杀了伊利亚·伍德、凯特·布雷弗曼②、菲利普·罗斯③等名人。它们没有信守诺言。有只海豚和一个患唐氏综合征的人做了朋友，那人给海豚写信，可它从来不回。还有一只海豚，它答应别人见面——承诺了一次，两次，三次——到头来，它一次也没出现过。那人伤透了心。

于是海豚发誓说："从今开始，善待他人。"说完就回家了。

它们在家里装饰圣诞树，然后坐在地板上。

"没人需要我的好心肠。"海豚心想。

它们去朋友家做客——为了表现友好和热情——却被人拒之门外。回到家，海豚想起年轻时误以为海湾战争发生在墨西哥湾，简直是不可思议。

---

①王家卫（1958— ），香港著名导演。凭借风格化视觉影像、后现代意味表述方式构建了"王家卫式"电影美学。
②凯特·布雷弗曼（1950— ），美国小说作家、诗人。曾三次获得最佳短篇小说奖和欧·亨利奖。
③菲利普·罗斯（1933— ），美国犹太裔作家。凭借《美国田园诗》获得美国普利策文学奖，是近年来获诺贝尔文学奖呼声颇高的作家之一。

到底是杀死有神经痛感的动物残忍，
还是不确定是否有神经痛感的植物残忍？

"想去看场独立电影吗？"珍在车里说。她凑到女儿埃伦跟前，拍拍她的头。母女俩正要开车出去。几分钟前，埃伦坐在沙发上喝水，妈妈说起维生素 D 之类的东西；这会儿，她们已经上路了。埃伦正在放春假，她不是坐在沙发上边喝水边琢磨怎么把当地星巴克咖啡店砸了，就是啃着小胡萝卜在家周围怯生生地溜达，除此之外几乎没做过别的。头一天，她睡了整整十六个小时。过不了几天，她又要回到《美国历史预修》[①]的课堂上，兼任橄榄球教练的历史老师又要取笑萨

---

① 在美国，高中生可提前研修大学课程内容。各所高校可根据自身政策允许用考试成绩顶替大学学分。

科和万泽蒂①了。学生在笔记本上写道：萨科和万泽蒂是同性恋。

埃伦没理会妈妈的问话，所以珍拍了她一下。她不停拍埃伦的头，又碰碰她的脑门儿。

"你肯定会撞车！"埃伦说。她不相信妈妈的驾驶技术。死亡对她来说并不可怕。车祸绝对有可能发生。"别怕。我的意思是，有这种可能。"

"人爱看独立影片因为它们情节真实。独立电影有价值。不像有的电影，总爱搞些花样出来。比如说《变异人》②吧，"珍一本正经地说，"人怎么会变成那样？没人会飞，更没人从眼睛里射激光。这部电影太假了。"

"别胡说八道了。这部电影讲的是世界如何受物质操控的事，和真实不真实无关。"

"你想说，照顾流浪狗人人有责？"珍问。

埃伦听糊涂了。"差不多吧。人总爱说，'素食主义者是伪君子，因为植物也有生命。'到底是杀死有神经痛感的动物残忍，还是不确定是否有神经痛感的植物残忍？在我眼里，全人类都是蠢货。"

---

① 20世纪20年代，意大利移民、制鞋工人萨科和卖鱼小贩万泽蒂因抢劫杀人被处决。半个世纪后，法学专家对该案进行全面复审，两人最终昭雪。
②《变异人》(2009)，法国科幻恐怖片。

"咱们明天就去领一条狗回来养。"珍说，"就在明晚，骑自行车去，因为开车太费油。你觉得怎么样？大半夜出去领养一条狗，听起来挺有意思吧？给它们起什么名字好呢？哦，我刚才说是一条。干脆领两条吧。"

"我是认真的。"埃伦说。

"你最喜欢什么动物？"珍问。

"不知道。"埃伦不假思索地回答。

"马蹄蟹？"

"说不上来。"埃伦说。

这时，车子正好经过一家狩猎用品商店。大门上挂着一只独木舟。谁会打完猎乘木船顺流而下？"我想把地球人杀光。"埃伦说。她知道自己是反暴力的。

珍冲女儿笑了笑。她刚要去拍埃伦的脑袋，又突然收回了胳膊。

"现代人太不懂生存之道了。"埃伦说，"人人都该受谴责。"假如一个无业游民被解雇了该怎么办？埃伦觉得大脑一片空白。她很想和小海豚一起在清澈的浅水滩里游个泳——沙子像丝绸一样顺滑，不掺一丁点杂质。这是她想要的吗？她算不上游泳健将。

"谴责，"珍说，"是一种委婉的说法吧？没错。人就爱搞这一套。成天说好听的话，好像掉进了蜜罐里。初衷是好的，保持乐观嘛。"

"世上到处是漂亮话,"埃伦说,"可生命本质是唯一的。嗯……本质。除此之外的都是修饰。生命的同一性。我知道自己想说什么。"埃伦感觉头顶发麻。别克车车顶的绒布沾在她头发上,好像戴了一顶无檐小帽。"物质由原子组成,对吧?因此,事物本质是相同的。如果没有感觉的干预,事物之间不存在区别。本质只有一个。一旦开始谈论或是分析,事物的完整性就被破坏了。人们试图将事物划归不同类别——有意将它们和本质分离开来。这不是我的个人观点。佛家说过同样的话。好多人都这样认为。我可不是傻瓜。"

"你的妹妹们……有没有觉得她们很怪?"珍提高嗓门儿问。

"我喜欢怪人。"埃伦说。

"你哥哥史蒂夫就很正常。"珍说。

"无所谓。他比我大。"

"我要去杂货店买东西。"珍说,"你在车里等着?跟我一起来吧——多好玩儿。"

"你说什么?买东西有什么好玩的?"吃东西是人类的基本需求,埃伦明白这一点。花钱买吃的无可厚非,没错吧?适可而止,不浪费就好。"我们应该自己种东西吃。"

"还要给明天领养的狗种点什么,对吧?"

"你别想改变我。谁都办不到。"

"也许我们应该等过完感恩节再把狗接回来。感恩节快到了。你高兴吗？"

"我讨厌过节。"一想到感恩节——屠杀生灵，饕餮盛宴，还要举国同庆？简直是开玩笑——埃伦就感到讽刺和恶心，她情绪激动，饿得直咽口水。她想朝白人身上呕吐，然后找个东西，用头撞烂它——一栋房子，一栋大别墅——然后任其自生自灭。

"你小的时候……我记得每到圣诞节，你都美滋滋的。还记得你帮我列清单吗？上面写着你想要的礼物。你还用数字标注。第一，毛绒玩具；第二，什么什么的……你爱在最后几行写上'神秘礼物'，'神秘礼物'，'神秘礼物'。你就喜欢惊喜。"

她曾多么肤浅，多么物质啊。她当时真蠢，简直是另一个人。"你说的不是我。我不能对自己做过的事负责。"埃伦说。她被自己说的话吓到了。她说的对吗？"每一分每一秒……时间转瞬即逝。时间是一种物质，空间是另一种物质。人无法对其他空间发生的事负责，比如有人在战场上互相残杀，有人毒打妻子。人同样不能为其他时间发生的事负责。"她越想越兴奋。这想法很有道理。她觉得自己可以为所欲为了。疯狂玩耍，不必担心任何事。不一会儿，这种感觉消失了。她再次变得无助。再也玩不动了。刚才的感觉消失得无影无踪。

"你一直是个聪明孩子。和你爸爸一样，都比我聪明。你经常坐在一旁问大家，'谁知道 40 乘 25 得多少？'话音刚落，你就自己说出了答案。我总说，你干什么事儿都能成。"珍盯着埃伦看了一会儿。"嗯，"她继续说，"别怪我唠叨，我希望你能重新上钢琴课，现在还不晚。"

"弹钢琴，不关心政治，都是一回事儿。"埃伦一本正经地说，她拿不准是不是说过类似的话。

一辆本田思域从珍身边驶过，车上坐着四只熊。

其中一只趴在车顶。

珍朝它们指了指。

她们在红绿灯前停下等了一会儿，又继续朝前开。

"等老了，我要搬到海边小木屋住。"珍说，"起床后吃几个水果，弹一会儿钢琴。然后睡个午觉，读读书。这就是我的打算。我一边弹琴一边想，'我一会儿要睡个午觉，然后再看看书。'想好就去做。这种生活听起来不错吧？"珍突然掉了个头，身后的车直朝她按喇叭。她把车停在沃尔玛超市前。停车过程把她搞得很狼狈。埃伦感觉，车从快到慢直至完全静止花了好长时间。让车子减速实在不易。埃伦突然紧张起来，减速是个奇怪的过程，对珍来说，要车子毫发无

130

伤安全停稳，实在是责任重大。过了一会儿，埃伦感觉平静了。车子还没完全站稳。埃伦看着妈妈专心停车的样子。孤孤单单一个人。埃伦越想越难过。她们走进超市，珍一边往塑料袋里装桃子一边说打算去拉斯维加斯玩几天。埃伦问自己能不能去。珍叫埃伦取一袋三文鱼回来。埃伦盘算着去拉斯维加斯赌博的事，她拿着一个有机鳄梨回到珍面前。珍说她早料到埃伦会拿错东西。埃伦说，赌博的好处是让人待在室内不出去干坏事，还能把用不完的钱花光，坏处是加剧了贫富差距。珍说她会把房子捐给穷人，然后带着狗和全家一起搬到森林里住。埃伦说她期待那一天的到来。珍指着前方说："你瞧那个有机水果。"埃伦朝她手指的方向看。珍快步走到女儿身边，把她拥在怀里。

她的鼻子、眼睛、嘴和脑门儿都陷在沙发里。

好几个礼拜过去了，埃伦一个朋友都没交到——她和穿"矿物质"T恤的女孩聊过几句，可从此再没见过——十年级结束了，盛夏接踵而至。埃伦的妈妈珍就要去夏威夷了。珍和她姐姐原本计划去拉斯维加斯，最终改了主意。她们打定主意准备出发。话说回来，谁不想去夏威夷度假呢？这会儿，她们的飞机马上就要坠毁了。爆炸声吓得珍和姐姐抱作一团。空姐指示乘客怀抱上身趴在膝盖上。大家照做，珍的姐姐和珍也不例外。

飞机不断震颤，珍呜咽起来。

她想到几个女儿和儿子史蒂夫。孩子们的头和脸以多种角度反复浮现，好像漂在周围一样。珍的姐姐蜷缩成胎儿的姿势，珍展开手臂拥抱她，又把脸抵在姐姐后背，侧过头朝窗外看——一道亮光从她眼前闪过，留下一抹浅蓝色余晖，仿佛是黑白蓝混合而成的颜色——她想，如果集中注意力，奋力奔跑，成功跳伞，就能落在救援游艇上。可她没有降落伞，所以不可能。四周乱作一团，机舱抖个不停。珍昏昏欲睡。她觉得应该保持清醒，看看接下来会发生什么，可她又犹豫了——预知即将发生的事让她害怕，倒不如置身事外，顺其自然——最后，飞机坠入大海。事发前几周，大概七月的时候，埃伦收到四十张海报。包裹上写着"美国政府"。她不知道政府用纳税人的钱干这种事是不是妥当。"把海报贴在明显位置。"手册里写道。她坐在自己房间的地板上。海报上画着一条漂亮的龙，是为宣传一部总统自编自导自演的电影用的。

"你干吗掺和这事？"埃伦的哥哥史蒂夫问。

"我没有。"埃伦说，"你走开。"她盯着地毯说。

"出去！这是我的房间，是我从政府拍卖会上冒名顶替竞拍来的。"

埃伦把哥哥赶出门。史蒂夫站在过道说："今晚上，我要溜进你房间，用强力胶把海报全粘到你衣服上。到时你可别哭。"史蒂夫回自己房间去了。他想想眼下的日子，心底涌起一种不祥之感，他坐到电脑前，给安德鲁发了一条消息。

安德鲁是他的高中好友，五年前离开去纽约上大学，现在在图书馆里工作。

"安德鲁。"史提夫在 AOL[1]聊天软件上写道。

"史蒂夫。"安德鲁回复。

"你看，卡尔的离线自动回复是'无敌！'"史蒂夫说。

"我想往卡尔家扔鸡蛋。"安德鲁说。

"我饿了，去冰箱看一眼有什么吃的。"史蒂夫并没离开，他根本不饿。没准有那么一点。他也说不清。"还剩六个青柠。"过了几秒，史蒂夫敲字说。他觉得心烦。

"做一排三明治吧。一条辅助线[2]。"安德鲁敲着键盘。俏皮话编得不错，史蒂夫想。可他没听懂。上高中时，他们曾在安德鲁家模仿卓越乐队[3]唱片封面上的造型。没准儿安德鲁指的是这个。"咱们得揍他一顿。"安德鲁说，"弄断卡尔的腿。

"啊哈哈哈哈啊——"史蒂夫盯着电脑屏幕敲键盘。

"鸡蛋不够用。"安德鲁说，"咱们把他杀死吧！"

"趁他在路边摔倒打断他的腿。怎么样？"史蒂夫说，"他曾经埋怨人行道太滑，说要起诉政府。"

---

①美国在线，美国时代华纳的子公司，著名因特网服务提供商。
②辅助线（Subline），前文"一排三明治"的合成词，是安德鲁编的一个俏皮话。
③卓越乐队（Sublime），来自加州长滩的雷鬼乐队，于1988年成立。

"我不记得了，"安德鲁说，"我什么都想不起来。"

"卡尔用吉他做头像。他真是个讨厌鬼。"

"我得下线了。"安德鲁说，"刚才，头儿笑着从我身边经过。他属于'被动攻击型'人格。"

史蒂夫住在佛罗里达州奥兰多。他的妈妈珍经常去她姐姐家——要不就是别人家——玩德州扑克。不久，珍要和她姐姐去拉斯维加斯玩。史蒂夫今年二十四岁，没有工作。说起来，是他把埃伦和另外两个妹妹拉扯长大的，她们一个七岁，一个五岁。正值暑假，除了埃伦，孩子们都不用上学。埃伦报名参加了暑期班——史蒂夫认为埃伦是为交朋友去的，这念头让他心酸。几乎每天晚上史蒂夫都和高中同学一起打电玩，要不就是玩扑克，喝啤酒。七年来，一贯如此。和其他东西一样，未来——或者可以叫未来的未来的过去，史蒂夫突然想到——试图与世隔绝，自生自灭，这让史蒂夫感到前途无望。未来独立存在，对其他事漠不关心。它身在别处，而且已经发生过了，就像一个烤好的面包。史蒂夫异常平静。他把桌面上的图标拖来拖去玩了差不多十分钟，又打开微软画图软件画了五只鲸鱼，他没有保存，关上程序去卫生间洗手，他对着镜子哈哈大笑，笑了十五秒。然后打开一部看过的电影，一边看一边心不在焉地吃东西，他根本不知道自己吃的是什么。看完电影，上床睡觉，早上起来给妹妹煎鸡蛋吃——一锅煎了六个；他打算写邮件告诉安德鲁："我一锅煎了十二个鸡蛋，看起来跟蛋糕似的。"——去朋友家打电玩，回家给妹妹们做晚饭，再看看电视，接着，他走进洗手间，看见埃伦正在照镜子，他和埃伦在镜子里交换眼神，然后背过身，埃伦从他身边溜走，穿过走廊，在身后把房门撞上。他回到卫生间，刷牙，用牙线把缝隙弄干净。他走到客厅，看见妈妈正在打电话。珍起身朝书房走。史蒂夫坐到沙发上。埃伦穿过客厅，走进书房，过了一会儿又走出来。

"真无聊。"史蒂夫说，"你干吗去？"

埃伦走进厨房。

史蒂夫起身跟着她进了厨房。

"给我做顿大餐吃，"史蒂夫说，"不然杀了你。"

"走开。"埃伦说完便朝客厅走。

史蒂夫跟在她身后，一路推搡着。

"你挡着我的路了。"史蒂夫说。

珍从书房走出来，手里握着电话。

"找你们的。"她说。

"谁？"史蒂夫问。

"你们俩。"

史蒂夫拿起话筒。"喂？"他冲着话筒说。

埃伦侧过身，走到花盆旁盯着植物看。一株绿色植物。她

139

漫不经心地走开了。

"史蒂夫。"爸爸在电话里说。

"你好。"史蒂夫说。

"妈妈说你们打算来看我。"爸爸说，"你们五个都要来。"

"你应该来看我们。"史蒂夫说。

"不，"珍说，"他不会来的。"

"他会的，"史蒂夫冲着妈妈和电话那头的爸爸说，"你可以要求他来。"

"埃伦呢？"爸爸问。

埃伦面朝沙发靠背躺着。她的鼻子、眼睛、嘴和脑门都陷在沙发里。"她被我压在屁股下面了。"史蒂夫说。

"不许欺负妹妹。"爸爸说。

"她喜欢被我欺负。"史蒂夫说。

埃伦扭扭身子。

"她喜欢动物。"珍说。

"她什么都喜欢。"史蒂夫说。

"假如你是和尚，就无法体验生命的虚妄。"

安德鲁的初中世界文化课老师抽大麻，她总说要带学生去哥斯达黎加实地考察，可谁都知道那是骗人的。有一次，老师在家开派对，安德鲁跳到窗台上砸碎玻璃，然后从窗户爬到后阳台，当时还有另一个朋友和他一起朝后院蓄水池扔易拉罐。许多年之后，安德鲁搬回佛罗里达父母家——他在比萨店送外卖，心里隐隐惦记一个两年前认识的女孩——他再没见过这位朋友，更别提想起了。当时天色已晚。有人——好像是安德鲁自己——突然提议把易拉罐扔过屋顶，砸到前院里，说那肯定好玩。安德鲁真这么干了，结果，易拉罐砸到一个叫帕特丽莎的姑娘的腿上。安德鲁跑到院子里。帕特丽莎正在哭。姑娘们陆续围过来。她们钻进一辆SUV，车子呼啸而去，就像救护车一样。

那年安德鲁十七岁，有一天，史蒂夫和几个孩子来他家玩。他们一起打电玩、玩扑克。那天，安德鲁父母不在家。安德鲁和史蒂夫敲鼓、弹吉他，折腾了一宿，天亮又一起上学。安德鲁开车，史蒂夫坐在旁边打手机。左转弯时，安德鲁朝一辆等红灯的司机大喊"狗屎"，史蒂夫听了哈哈大笑，他告诉电话那头的人说安德鲁骂了句"狗屎"。

大学几年，安德鲁成天无所事事，也没交什么朋友。

他和一个女孩交往了一年半。

他写了一部小说，遇到了萨拉。

他们一起去超市买东西。

她和安德鲁一起回佛罗里达玩。

那之后，她就不理安德鲁了。

安德鲁在泽西市①住了一年。

一个周六晚上，城里下起了大雪。

他走路回家。

街道银装素裹。

夜静得出奇，明月如昼，安德鲁心里漾起一股奇怪的感觉。

---

①美国新泽西州第二大城市。

他坐在自己房间的地板上。

他刚在一家巴黎风格的咖啡馆买了土豆泥和冰激凌。价格贵得离谱。安德鲁掏出一张二十美元的钞票，店员问："需要找零吗？"安德鲁犹豫了一下说："不用。"他回到家，坐在地板上吃土豆泥和冰激凌。虽说活着挺有意思，可生命背后暗藏的虚无感——好比一个长期独处的人会在生人面前感到不自在；无法忽视的是，逃避归属感正是承认了绝对的孤独和空虚。因此，碌碌无为的一生是错误的一生（或许，意识到生命的虚无性才是唯一的谬误，任何盲目的乐观和幻想终将因虚无性而得到纠正）——令他无法体会这种喜悦。他觉得十分奇怪。天色已晚，安德鲁无事可做。他住在新泽西，家里不能上网。

他把室友留在冰箱里的几瓶果汁酒喝掉了。

他和同屋不熟。

她住楼上。

他们在厨房撞见过，当时室友的妈妈也在。

安德鲁和她妈妈握过手。

周末，安德鲁在家读安·贝蒂①的小说《萧瑟冬景》。

周五晚上，他读了一半，又花了周六一下午时间把剩下

---

① 安·贝蒂（1947— ），美国当代女作家，《萧瑟冬景》是她的第一部长篇小说，于1976年发表。

的看完了。这令他开心。

到了晚上，他准备洗澡睡觉。

他一边洗澡一边刷牙。

他坐在地毯上。

家里没有椅子。

有东西掉到他身上。

他伸手摸后背，确实有个东西。

然后，他看到一只千足虫从床底下一溜烟儿跑掉了。

他抬头看看天花板，心里直发毛，然后就上床睡觉去了。

周五，他仰头躺在地毯上。

电脑放在地上。

他听着电脑里播放的音乐。

他听到一首歌，那是一年夏天他独自在家时录的。

他把这首歌重复放了好几遍，然后又开始听别的。

早上起来，他站在卫生间里。

他朝窗外望。

一只猫正盯着他看。

猫又转头看向别处。

通过一个共同的朋友，安德鲁认识了马克。一天，他在学校里碰见马克，于是走过去和他聊了几句。那之后，他俩经常见面，大部分时间都在抱怨生活多么不如意。通常，见面都安排在晚上。安德鲁告诉马克，费尔南多·佩索亚①彻底废了，说不定情况不算糟，因为他的想法比其他人有趣得多；他领悟到生命的渺小和无用，他不相信世上存在"真诚"，他觉得，女仆打碎茶杯这件事很可能是茶杯想借女仆之手自杀。安德鲁推荐马克读《惶然录》②。安德鲁说，费尔南多·佩索亚的书他都看过。马克觉得没必要看这本书。他们经常一起参加读书会。有一次，安德鲁当众朗诵了一首关于自己亲身感受的诗。（"纯粹是我的个人感受。"安德鲁在大一创意写作课上被人问到诗歌主题时回答说。他们评价说，粗粗看来，这些半页长的诗都不算赖；假如不仔细看，一切都是美的，不是吗？）看完电影《蝙蝠侠》一周后，马克写邮件给安德鲁说巴特里公园③有免费音乐会听。安德鲁答应和马克同去。他没有食言。据说优拉糖果乐团④也要参加演出。在去音乐会的路上，安德鲁调侃起这支乐队来。"我觉得他们不是墨西哥人，倒像是新墨西哥州来的。"安德鲁说。"一听他们的歌，我就想欺负那些农场里的外来打工仔。"他调侃了差不多三个街区。"凡是和烈火红唇乐队⑤、热力摇滚乐队⑥沾边儿的音乐都让我

---

① 费尔南多·佩索亚（1888—1935），葡萄牙诗人与作家，以诗集《使命》而闻名于世。
② 费尔南多·佩索亚晚期随笔集。
③ 又名炮台公园，位于美国纽约市曼哈顿的最南端，建造于 19 世纪。
④ 优拉糖果乐团，一支来自新泽西州的乐队，成立于 1984 年，以翻唱他人歌曲而著名。"Yo La Tengo"是西班牙语中"I've got it!"（接到了，得到了）的意思。
⑤ 烈火红唇乐队，一支来自俄克拉荷马州的摇滚乐队，成立于 1983 年。
⑥ 热力摇滚乐队，一支来自新墨西哥州的独立摇滚乐队，成立于 1997 年。

受不了。"他一边指着路上身着奇装异服的行人，一边挖苦说，他们没准就是烈火红唇乐队的。马克一脸犹豫地停下脚步。"我还是自己去算了。"他说。安德鲁觉得自己很蠢。（"那样的话，你会开心吗？"）他有点不知所措。他没有继续调侃下去，他说要陪马克走到公园，然后自己去逛书店。

"你总是抱怨。"马克说。

"我只是开个玩笑罢了，不是抱怨。"安德鲁说。

"你要是不愿意来，应该早点儿告诉我。我可以一个人来。我不是……"他嘟囔着。

"嗯，"安德鲁说，"我打心眼儿里愿意跟你去。"他在书店里看了两个小时书，然后去咖啡厅买了个松饼吃。路过诗集区时，安德鲁看见一只仓鼠从墙角跑过。

安德鲁走到墙角。

仓鼠盯着安德鲁。

"跟我来。"仓鼠说。

安德鲁跟在仓鼠身后。

"到这边来。"仓鼠说。它往前蹭了几步。

"去哪儿？"

"你瞧。"仓鼠说。

"我瞧着呢。"

仓鼠稍抬起手臂，指着前方。"就在那儿。"仓鼠说。

"抱歉，"安德鲁说，"我搞不清你指的是哪里。"

"稍等。"仓鼠说。

它转身要走。

"不好意思，我还是看不见。"安德鲁对它说。

仓鼠转过身。

它的胳膊太细了。

"试试别的法子。"安德鲁说，"用你的脑袋指给我看好吗？"

他们回到原地。

"好吧。"仓鼠说，"你凑近点。"它小心翼翼地钻到墙里面。

安德鲁跪在地上，摸摸仓鼠钻进去的地方。

"这里有条秘道。"仓鼠说，"你推一下。"

安德鲁推推墙。

"等等。"仓鼠说，它环顾四周，"我也找不到了。"

"到底是什么？告诉我吧。"

"等一下。"仓鼠说。

"先告诉我是什么。"安德鲁说。

"好吧。"仓鼠说，"咱们到公园里说。"

他们到了公园。

"地下有座海豚城。"仓鼠严肃地说，"那里住着海豚、熊和麋鹿。"

"熊和麋鹿，"安德鲁问，"它们打架吗？"

仓鼠坐在长椅上，神色淡定。安德鲁看着它。"它们打架吗？"过了一分钟，安德鲁又问。"麋鹿有犄角。"

"我在想呢。"仓鼠回答。时间又过了几分钟。

"算了，别想了。"安德鲁说，"它们不打架。"

"不行，"仓鼠说，"再让我想一会儿。我要边走边想。"仓鼠从长椅上跳下来，在地上来回踱步。

几分钟过去了。

仓鼠爬上长椅，坐定。

"城里还住着仓鼠。"它说。

仓鼠说话时，安德鲁一直盯着它看。

仓鼠神色淡定。

"在熊城和海豚城下面，有个大都会，"仓鼠放慢了语速，"那是仓鼠之城。"仓鼠停顿了几分钟继续说。"仓鼠活得不开心，"它说，"在仓鼠城下面……等等……我要注意措辞。海豚也不开心。在仓鼠之城下面……"

仓鼠从长椅上跳下来，在地上走来走去。

"我们算朋友吗？"仓鼠问。

这时，一只猫头鹰俯冲下来把仓鼠抓住了。

"救命啊。"仓鼠大叫。

安德鲁站在原地。

猫头鹰飞走了。

第二天，安德鲁给马克写邮件，为前一天发生的事道歉。写着写着，他觉得讽刺无聊。马克坐地铁时想："我觉得讽刺无聊。"虽然当时他并没有这种感觉。马克没有回信。几周后，他就回新加坡去了——二十四年前，马克在那里出生。安德鲁在纽约的另一个朋友迈克尔·费歇尔写邮件问他想不想看电影。安德鲁说只要是独立电影就行。迈克尔迟到了。他解释说，地铁在半路停了，所有乘客都被赶下了车。安德鲁说他讨厌纽约。迈克尔说什么地方都一样。安德鲁说他去过伦敦和台湾，那里的地铁系统比纽约强多了。迈克尔说纽约地铁年头太久。安德鲁说电影已经开场了。电影院不大。好像没有空位了。影片早已经开始。"前排还有位子。"安德鲁说。"我不想坐前面。"迈克尔回答。安德鲁看了他一眼。"我站这儿就行。"迈克尔说。"哦。"安德鲁说。他走到前排坐下来。他盯着银幕。最近一段时间，他常感到内心导师——其实就是他自己，不然还有谁？——停下脚步坐在原地，茫然地注视远方，过了好久，突然放声大笑，接着站起身，清清嗓子，一本正经地环顾四周，再随意指几下，然后继续前行。这究竟意味什么？或许，这些根本不值得关心，就像夫妻在街上吵架一样。安德鲁糊涂了。他自己也在大街上跟人吵过架。好像在第十大道，他把当时的女朋友堵在水果摊前，女朋友哭了。

"咱们换个地方说。"他说。

"你觉得丢人了。"她止住了抽泣，看起来有点儿不耐烦，"瞧你那模样。"

"没错，"他说，"我觉得丢人。"安德鲁说完感觉痛快多了，他们终于能像成年人一样开诚布公地交换意见并达成共识——而不是不分青红皂白地争执，只为证明自己是对的，对方是错的——他想去安慰她（也许应该抱抱她，毕竟矛盾解决了），可他没有这么做。他看着女朋友的脸。方才的好心情转瞬即逝，一股强烈而复杂的冷漠感笼罩在他心头。现实既无趣，又缺乏想象力，而且了无尽头。一个黑白不分的世界，厌恶自己和自己之外的一切，对什么都漠不关心，但它仍然有所求。你应邀来到这个黑白不分的世界，它先是对你指责一通，然后朝你扔几块甜饼干。不许走，说完，它又递给你一块蔬菜饼干。它不敢直视你，却偶尔碰碰你的膝盖。一个黑白不分的世界。它毫无意义可言。它渴望得到哪怕一丁点意义。

"换个地方可以吗？"安德鲁前女友说，"去吃点东西怎么样？"

吵完一架，他们感觉心情轻松而疲惫，好比水晶一样——

更恰当地说，像刚做完一场酣畅淋漓的运动。接下来，他们要歇一会儿。在电视节目间隙，往盘子里盛些水果，再吃两三块巧克力威化饼——接下来的事顺理成章（躺在一张单人床上），但和激情、爱没关系——他们开着电视做爱，就像例行公事一样。一觉醒来，喝点咖啡，然后去学校。他们在教室里玩"假如"游戏。（假如我把帐篷带到学校然后钻到里面去会怎么样？）到了晚上，他们会吵架。（"我发现你跟别人约会前总整理头发，可见我就不会。"）周末，其中一个人提议和朋友出去玩，第二天，另一个就会抱怨对方在朋友面前矫揉造作——"你喜欢《麦田里的守望者》，因为看不惯霍尔顿？我真搞不懂。你这个装模作样的家伙。"——然后又开始吵架。这样的生活倒也不坏。生活就像一个空壳，承受来自两端的压迫。如同住在山洞里一样：周围磷光闪闪，只要有人说话，就会听到震耳欲聋的回声；山洞附近有瀑布，轰隆隆的水声让人恍惚觉得挨了一针镇静剂，浑身动弹不得，然后又慢慢松弛下来——一种有益身心的半梦半醒的感觉，跟吃泰诺退烧药差不多。

那还是两年前的事儿，当时安德鲁读大三。现在的他，不是在地铁上读叔本华的书（《悲观论》——他知道自己不该看这样的书，谁都不该），就是坐在工位上——安德鲁有两份工作，一个在第三大道 IFC 电影院，另一个是在华盛顿广场公园旁的纽约大学图书馆打杂——思考"我不知道怎么才能快乐"和"我的生活一团糟"的问题；最近，他在想的是"我 __ __"，就像疯狂填字游戏①一样，这个游戏让人心怀希望；如今的状态不算坏。让他恐惧（虽然有时也让他平静）的是关于快乐从何而来的疑问；幸福无法复制，除非拥有迪斯尼电影里的魔法药水或是真爱；它如同一个童话故事，全是纸上谈兵罢了。然而它又是一出漏洞百出的童话，情节拖沓，缺乏新意，绝望、孤独和倦怠过后的欢喜大结局在现实中根本找不到。它面目可憎，又像被禁止一样，让人不敢越雷池半步。这不是在做梦吧？安德鲁已经忘记如何快乐了！他怀疑，问题的根源在于人们付出了感情却得不到回应，过分自信、长期的顾影自怜，还有对特定事物的排斥，比如孤独、抑郁和绝望的人，流浪汉，伤害过的人，单恋对象，政治，生命的本质，非洲，屠宰业，麦当劳，MTV，好莱坞，大部分甚至全部人类历史，特别是 1400 年到 1900 年以及前后两百年间发生在西半球的一切——他也不确定。为什么会有这么多原因？这个问题也许太过复杂。有一回，安德鲁特别想去玛丽亚·任纳尔②的演唱会。《村声》③上的演出通告在

---

①一个用词语创造幽默效果的游戏。游戏基于一个省缺了关键词的故事，要求玩家根据游戏规则填词，最后再将故事念出来，以达到幽默效果。
②玛丽亚·任纳尔，来自威斯康星州的独立摇滚乐队，成立于 1995 年。
③每周三出版的周刊，以介绍纽约俱乐部和音乐会闻名。

他兜里揣了好几个礼拜。演出当天，他在图书馆里打工，他望着自习区莫名厌烦起来——那年月里，还有什么不招人烦的？——他想到一会儿要上网查询怎么用汇丰银行卡结账，还要回邮件确认付款，然后坐地铁去红钩区①，下了地铁要问路，假如路人指错方向，他就会孤零零地站在高速公路桥下，他会感到无家可归，然后毒瘾发作。他忍不住想——以一种怪异的置身事外的姿态，仿佛在空荡的电影院里看自己的生活在屏幕上播放——"太麻烦了。"自此之后，无论遇到多简单的事，安德鲁总是拖到最后一分钟，然后告诉自己"太麻烦了"。这成了安德鲁羞于启齿的私人玩笑话（事情因此变得更棘手了）。

电影散场后，安德鲁看见迈克尔坐在走廊长椅上捧着《纽约客》读。

"你是什么时候出来的？"安德鲁问。迈克尔说开场十五分钟他就离开了。他说自己头晕，想吐。安德鲁说这部电影名不虚传。迈克尔说在公共场合呕吐有损公德。安德鲁说他打算去书店逛逛。迈克尔说他困了，想回家，说完就走了。安德鲁知道迈克尔在纽约还有别的朋友，他们每次去玩都不

①地名，位于纽约布鲁克林。

叫自己。迈克尔好像有意孤立他似的。这让安德鲁觉得很可笑。

安德鲁在网上发现迈克尔已经二十八了。安德鲁只有二十二岁。他们一起读大学。想必迈克尔高中毕业后无所事事了五年时间。安德鲁和迈克尔的室友交情不错，室友说迈克尔从来不跟人提他的父母以及过往经历，说他总爱坐在书桌边看报纸。第二次去看电影时，迈克尔又迟到了。他告诉安德鲁自己每次出门都很费劲，总担心疏忽了什么——比如忘了关煤气灶。"你有强迫症。"安德鲁说。"不可能。"迈克尔回答。"你是不是把灯开了关，关了开，不折腾五个来回誓不罢休？"安德鲁问。迈克尔说他想做飞行员。安德鲁说那简直太恐怖了。迈克尔说他喜欢坐着不动，所以飞行员的工作挺适合他。他们看了王家卫的新作《2046》。安德鲁看完说，这片子太弱智——简直弱智到家了。走出电影院时，安德鲁的手机掉到了地上，电池飞蹿出来，差点害一个年轻姑娘摔跟头。对方捡起手机和电池，递给了安德鲁。

"我拿到她的指纹了。"安德鲁对迈克尔说，"我是故意的。现在就能把杀人罪名嫁祸给她了。我真该试试。"

迈克尔一本正经地反驳说那不可能。安德鲁说，有一天他会丢把枪在地上，迈克尔捡枪时就会留下指纹。迈克尔说安德鲁会因此进监狱。安德鲁说他会贿赂法官。就此迈克尔

156

和他争执了一会儿。安德鲁说他要雇人开直升机帮他逃狱——逃到阿拉斯加去。安德鲁说假如迈克尔拿到飞行驾照，就雇他干这事儿。迈克尔说他要去王子街地铁站。安德鲁和他道了别。从那以后他们再也没见过面，只是不时通个邮件。迈克尔偶尔给安德鲁寄几张鲍德斯书店①的优惠券。

有一天，迈克尔给安德鲁发邮件说他不打算继续写小说了。

他说生活里还有更重要的事，自己年纪大了，没精力写什么小说了。

安德鲁只回了一个字："嗯"。

在安德鲁打工的电影院，上司告诉安德鲁他准备辞职。他打算离开这个城市，到别处种花去。他写了推荐信，让安德鲁接替自己的位置。安德鲁靠这封推荐信当上了经理。可没过多久，这位上司又回来了。管理层考虑到电影院经理太多，就叫安德鲁回家去了。这几件事在一周之内发生。到了周日，安德鲁在读书会上遇到肖恩，他推荐安德鲁去自己效力的金融公司工作。对方发邮件向安德鲁要应聘信、简历和作品看。安德鲁给对方发了份空白文档，之后一天才发现。于是他马上发邮件解释说自己忘了粘简历，很抱歉。可这回他又把附件

---

① 美国第二大图书连锁店，总部在密歇根。

忘了。最后他终于把简历寄了出去，可不知怎么搞的，RTF^①格式文件无法在对方电脑上显示。所以他又寄了一份 Word 格式的。第二天，他和肖恩去第十大道的一家酒吧参加一位年轻作家的新书派对。"我从没听说纽约还有个第十大道。"安德鲁说，"在这条街上的酒吧办新书派对，我根本没法尽兴。"安德鲁心想。他站在角落里，一边喝啤酒一边同肖恩的朋友雷卢聊天。

"你和肖恩是怎么认识的？"安德鲁问。

雷卢说他们住得很近。透过窗户，他们经常能见到对方过马路。她也问了安德鲁同样的问题。她个头儿非常高——比安德鲁还高。

"上周六肖恩家的读书会你怎么没去？"

"我当时在华盛顿。"

"干吗去了？"

雷卢说她参加试镜去了，可她觉得自己没希望。参与试镜的姑娘全都挤在同一间屋子里。他们给每个人录完一段视频，便草草了事。安德鲁觉得姑娘们私底下聊天的情景一定被录下来了。他半天找不到合适的措辞表达观点。安德鲁最

①丰富文本格式文件。一种由微软公司开发的跨平台文档格式，大多数的文字处理软件都能读取和保存 RTF 文档。由微软公司开发的文字处理器应用程序，可创建和编辑信件、报告、网页或电子邮件中的文本和图形。

终了解到，姑娘们在墙根下站成一排，摆几个造型——转向侧面，背面等等——还录了几分钟视频。安德鲁说，雷卢有权对他们大发雷霆。雷卢说她的确很生气。安德鲁说雷卢应该发泄一下，比如偷点东西，或是搞搞破坏。"后来呢？"安德鲁问。雷卢说她什么都没做就回纽约了。"哦。"安德鲁应了一句。雷卢询问安德鲁的职业规划。安德鲁说，他面试时撒了谎，被对方识破了。安德鲁心想，他应该承认自己是在胡说八道——他面试时根本没说谎——突然，他看到一张小桌子空着，于是和雷卢走过去坐了下来。肖恩走过来，笑着问安德鲁是不是尽兴。他还把安德鲁介绍给另一个家伙认识。"他是玩乐队的。"肖恩说。安德鲁和对方握握手。那人身后并排站着三个人。安德鲁跟肖恩打听他们是谁。"是他乐队的成员吗？"安德鲁问。肖恩告诉安德鲁，那几个都是他家的亲戚，从法国来。安德鲁点点头。肖恩走开了。安德鲁朝雷卢笑笑。雷卢也笑了。有人从桌子那头递来一本美术书，书名叫《少女》。雷卢拿起来翻看。安德鲁望着她看书的样子。这时，一个人走到安德鲁和雷卢跟前打招呼。他说自己也叫肖恩——这个新书派对是给肖恩办的；带安德鲁来的人也叫肖恩——写了本小说叫《少女》。他说自己正在写另一本新书《电玩艺术》。说完，给安德鲁指了指自己的责任编辑。安德鲁对书名评价了一番；他不知道自己想说什么。在接下来的五分钟里，肖恩滔滔不绝地谈论自己的书。安德鲁听了一半就把脸转向别处，于是，肖恩冲着雷卢继续说。雷卢哈哈大笑，然后给他讲了几件趣事儿。为什么雷卢没有讲给自己听？安德鲁有点吃醋。写《少女》和《电玩艺术》的家伙肖恩走开了。这时，一只海豚走过来冲安德鲁和雷卢打招呼。它一不小心把一杯绿色的酒洒到自己身上，于是羞红了脸。海豚从兜里掏出一个烟雾弹和一把火柴，它把烟雾弹点燃扔到地上。接着，海豚"咿咿咿咿咿，咿咿咿，咿咿咿咿"大声叫唤起来。有人朝海豚脸上揍了一拳，海豚摔倒了。那人又把海豚拎起来放到靠窗的桌子上。那人背过脸，将海豚一把从窗口推了下去。安德鲁的朋友肖恩走到桌边坐下，安德鲁也跟着坐下。随后，大家陆续搬来许多张桌子，把它们拼在了一起。包括年轻作家肖恩在内，屋里所有人都围坐在桌边，面面相觑。有几位在聊天。安德鲁环顾四周，然后抬头盯着天花板。就在这时，年轻作家肖恩喊安德鲁的名字，问他对世界末日的看法。安德鲁想不出这位写有钱公子哥吸毒上瘾故事的作家是怎么知道自己名字的。安德鲁说世界末日发生在联合广场下面的火车站，还提到了电影《全面回忆》①。全场鸦雀无声。安德鲁打量起盯着他看的人。许

---

①《全面回忆》（1990），美国科幻片，讲述了公元2084年，地球人奎德到火星寻找记忆的故事。

多人提出反对意见，只有一个赞同他的说法。安德鲁不知道那人是谁，没准是邻座的女孩儿。安德鲁解释说，联合广场火车站里的人和《全面回忆》中的变异人长得一模一样；他提到火车站里随处可见的淤泥和刺耳的噪声。他突然拉高嗓门儿，提议年轻作家写一本关于世界末日的小说。作家显得有点儿生气和不耐烦。安德鲁感觉作家被他惹怒了。说不定，他已经写过这样一本书了。安德鲁觉得尴尬，他慢慢转过头，把目光移到了天花板上。雷卢还在看《少女》。肖恩站起身，走到外面抽烟。过了五分钟，雷卢站起来要走。安德鲁不认识其他人，所以也准备离开。他想把《少女》偷偷顺走。他和雷卢走到外面，看见肖恩正在抽烟。肖恩突然提到"社交"这个词，语气里充满了不屑和调侃。安德鲁说那位年轻作家长得像摇滚明星。雷卢不以为然。安德鲁又改口说像电影演员。雷卢觉得有道理。肖恩聊到刚刚介绍给安德鲁认识的那个搞乐队的家伙。他说，有一次他去那人家，看见椅子上摆着一个奇怪的金属物件。后来发现是一摞笔记本电脑，总共有三台。总统从地铁站走上来时，肖恩，雷卢和安德鲁正聊得火热，他们觉得应该和总统打个招呼。他们邀请总统一起吃寿司。总统在寿司店里抱怨说，当总统是个愚蠢的选择。

"权力很无聊。"总统说。

总统说他是外星人，觉得地球没意思。"当初，我认为

161

自己需要一个人生目标。"他说，"现在，我当了总统。因为我来自其他星球，所以没法理解地球人的想法。但我是统治者，大家都得听我的。你们选了我，所以就得按我说的办。我是——他妈的总统。爱国主义认为人生而不平等。事实上，世界大同——说到底就是一个人到底要什么？远离痛苦，寻找幸福。爱国主义和语言之类的学说否定世界的同一性，它们发明出多样性之类的说法。人为何而生，为何而死？死后将去到何方？意识从何而来？政治从不关注这些问题。他们只在乎'为了让人们意识到社会进步'，我们是否屏蔽了足够多的信息？如何让人漠视生命的奥秘和存在本质？政治是一个乔装游戏，最重要的是屏蔽必要信息掩盖游戏本质。我认为自己在扮演总统。这件事无所谓好坏，轮到你就是你。没人告诉你该做什么。构建自我观念，或者认同别人的想法。人们普遍认为，痛苦和灾难是坏事。问题是，在时间长河中，某个行为动作究竟会增加还是减少世间苦难？无人知晓。因为那是不可能的事。你没法知道，十亿年后射手座阿尔法星上生活的一千万个生物会不会因为你给朋友画的一幅肖像画而忍受长达五万年的痛苦。正因如此，人们需要构建一种语境。通常只谈论一个人和他的后代，不包括动植物和无生命物质，在空间上，仅限地球，特别是这个人的出生地。你构建出一个语境，同时将99.9%以上的宇宙空间，地球上99.9%的生命以及无限未知的时间摒除掉了。人们活在一个畸形的世界里。人什么都不懂。如果因此迁怒他人，你就该死。我要杀了你。一个又笨又闷的家伙。杀人没什么不好。存在本身是唯一令人愤怒的。我们都将自我意识和语境强加于他人。思想左右行动，世界由行为构成，并受之影响。这就是政治。可谁关心这些？既然你选择并实践着自我假设和语境，就没有理由怪别人做同样的事。假如你打心眼里对所有事感到愤怒，说明你所处的环境缺乏假设情境成立的必要信息。所以说，愤怒无伤大雅。一切不带挖苦色彩的思想和行为都是假象。全都是假象。人类应该停止繁衍。在充斥着假设情境的世界里乔装打扮，游戏人生，寻找假设和情境的共同点，直到生命终结。死亡意味着夺走假设和情境。意识迫使人们作出假设，同时为保持意识清醒还要屏蔽某些信息。这一点我还没想通。说到底，在死亡面前，一切皆虚无。如何才能永生？怎样实现意识的同一性？我提议制造机器人。让我们用微型处理器填满这个世界，随宇宙膨胀，增加微型处理器的数量。把宇宙变成一个无意识群体，一个电脑程序，一个没有假设存在的环境。为孤单无用的机器人编一个程序，让它忘记孤独、空虚，甚至不会思考，一无所知。感谢你们听我说话。我说的这些不重要。从我嘴里发出的声音受宇宙法则控制，也许由因果定律决定，它源自我无从选择的生命，而我的生命是宇宙诞生的结果。宇宙诞生不是我决定的。现实地说，人们应该重新分配财富，无私共享物产，颠覆权威和特权。对数字标榜的社会进步保持谨慎。我也说不清了。谢谢你们。晚安。"

"我只听到你说'谢谢你们'和'晚安'这两句话。"肖恩说。"嗯。"

"谢谢你们。"总统说。

"你不需要保镖吗？"安德鲁问。

"保镖全是笨蛋，"总统说，"但我的确需要他们。他们错过了上一班地铁，正往这儿赶。"

总统的手机响了。

是敲椰壳的声音。

肖恩看看安德鲁。

安德鲁咧嘴笑了。

"是椰子壳。"安德鲁说。

"或者是打保龄球的声音。"雷卢说。

"现在更像保龄球了。"安德鲁应和。

"还是椰壳更形象。"肖恩说。

"嗯，现在又是椰壳了。"安德鲁说。

"我们在一家寿司店里。"总统对着手机说。

安德鲁去上卫生间。

安德鲁在卫生间里觉得很无聊。他照照镜子。

然后离开了卫生间。

总统身边围了一只麋鹿，一头熊，一只海豚和一个外星人。

安德鲁不敢看外星人。

他瞧瞧海豚。

"我叫安德鲁。"他说。

安德鲁刚要和海豚握手就被总统拨开了。

安德鲁看了总统一眼，然后咧嘴笑起来。

"它们没名没姓。"总统说，"你没必要作自我介绍。"

服务生问安德鲁要不要冰水。

"来一杯。"安德鲁说。

"你不用和保镖打招呼。"总统说，"我生气了。那样多傻啊。"

"既然傻你干吗还要当总统？"肖恩问。

"我也搞不清。"总统说，"生命毫无意义。这一点大家都知道。你瞧费尔南多·佩索亚。他对此深有体会。可他总是忧心忡忡。既然生命没有意义就不用担心什么。"

"你读过费尔南多·佩索亚？"雷卢问。

"你也读过？"安德鲁问雷卢。

"对。你呢？"

"我也是。"安德鲁回答。

"那你呢？"安德鲁问海豚。

"是的。"海豚说。

"你呢？"安德鲁问肖恩。

"我没看过。"肖恩回答，"费尔南多·佩索亚是谁？"

"一个葡萄牙作家。"麇鹿回答。

熊扇了麇鹿一巴掌。

"谁没读过他的作品？"肖恩大声问。

每个人都读过费尔南多·佩索亚。

"你得从这儿离开。"总统对肖恩说。

"可我刚刚订了一本他的书。"肖恩说。

"把书钱留下然后离开。"总统说。

肖恩掏出钱包。

他只有一张一百美元的钞票。

"放在这儿。"总统说，"等等，这是假钞吗？"

"不是。"肖恩说。

总统把钱装进口袋。

"你可以走了。"总统说，"回家去吧。"

肖恩离开了。

"真不讲情面。"雷卢说，"我敢打赌，从今往后我们不能再提费尔南多·佩索亚了。"

"他大概一直把澳大利亚和登月画等号。人们一谈起登月阴谋就提澳大利亚。"总统说，"他相信登月是骗局，也就是说他不相信澳大利亚。"

外星人坐在肖恩的位子上，挨着安德鲁。

安德鲁紧张起来。

他又去了趟卫生间。

回来时，外星人还坐在那里。

安德鲁想换个位子，却发现外星人一直看着他。

外星人一边说话，一边朝安德鲁瞟，然后若无其事地将目光转向别处。

安德鲁在外星人身边坐下。

"费尔南多·佩索亚说他对佛家弟子心怀敬畏，"外星人说，"因为他们秉承出世思想，强调放下世间万物——包括生命，愚蠢的生命。"外星人说话带英国口音。"我来自威尔士。"他告诉安德鲁。

安德鲁想点头，可他觉得脖子僵硬，还微微颤抖着。

"佩索亚说过，艺术之所以美妙，在于它无意义，无功用。"外星人说，"生命之所以无趣因为掺杂了太多目的性；比如人时刻需要目标。他敬畏佛教徒和和尚，可他们和艺术无关。因为佛教徒也有人生目标。"

"假如你是和尚，就无法体验生命的虚妄。"熊说，"这观点真愚蠢。世上竟是蠢事。"熊掏出一条毯子盖在麋鹿头上。

"既然艺术是美妙的，它就具备功用性，"总统说，"所以说你的观点不对。"

"你怎么看？"安德鲁问海豚。

安德鲁喜欢海豚。

"我想坐下来。"海豚说。

雷卢站起来说："你可以坐我这儿。"

"我想要一个又大又软的沙发。"海豚说。

"哦。"雷卢说完又坐下了。

"佩索亚曾说，世间不存在解脱。"熊说，"他说的没错。佛教徒无法解脱。没人办得到。解脱意味着从一个地方逃到另一个可以任意进出的地方，唯一可能的解脱就是逃离的过程。因此，不逃离就是逃离。讨论这个话题真蠢。逃离和解脱是两码事儿。真蠢。"

麋鹿跳到桌子上。桌子被掀翻了。

"我认识一个人，"总统说，"他给我写邮件说想发明自杀枪，一种不费吹灰之力就把自己解决掉的特殊武器。我觉得这个点子不错。"

"我还剩两个愿望。"熊说。

"浪费在自杀枪上不值得。"总统说。

"不，"熊说，"我不在乎。"

168

"那谢谢你。"总统说。

熊默默许愿。

桌上出现了一把猎枪。

"这是猎枪。"安德鲁说,"你耍赖。"

"我们应该描述得具体些。"熊说。

"我们应该事先想清楚。"总统说。

"都怪我们自己。"熊说。

"你能给我变一架协和飞机①出来吗?"雷卢问。

"我希望雷卢拥有一架协和飞机。"熊说。

"谢谢你,"雷卢说,"飞机在哪儿?"

"可能在外头。"

雷卢走了出去。

不一会儿她就回来了。"真在外头。"她说。"我要飞去复活节岛②玩。"

雷卢说完离开了。

过了一会儿,她回到屋里重新坐下。

"我开玩笑呢。"她说,"我不会开飞机。"

"把飞机卖了吧。"熊说。

---

① 由英国和法国联合研制的一种超音速客机,最大飞行速度可达 2.04 马赫,巡航高度 18000 米。
② 位于东南太平洋上,现属智利共和国,是世界上最与世隔绝的岛屿之一。

"太麻烦了。"雷卢说。

"你浪费了我的愿望。"熊说。

"对不起。"雷卢说。

"没关系，"熊说，"我只是陈述事实罢了。"

"你第一个愿望是什么？"安德鲁问。

"穿越时空。"熊说，"让每个人都拥有穿越时空的能力。这个想法很幼稚吧？"

"我也能够穿越了。"安德鲁说。

"要是你做不到会被人笑话的。"熊说。

"没错。"安德鲁说。

"不会穿越的人都是大笨蛋。"总统说。

"想要自杀枪结果得了把猎枪的人是大笨蛋。"外星人说。

熊拍拍外星人的脑袋。

安德鲁又紧张了。

上菜了，大家开始吃起来。

他们都是素食主义者。

大家吃了一阵。"我不该当总统。"总统突然说，"谢谢大家。晚安。澳大利亚。"大家都喝醉了。

熊骑在麋鹿身上。

海豚躺在角落里。

它从椅子上掉下来，面朝墙角摔在地上。

外星人站在漆黑的走廊里。

安德鲁正吃着抹茶冰激凌，他感到闷闷不乐。

他朝海豚看了看。

有人像滚皮球一样把海豚滚到墙角。

雷卢面无表情地坐着。

总统正和萨尔曼·拉什迪打扑克。

萨尔曼·拉什迪也来了。

"两个人打扑克又愚蠢又无聊。"总统说。

"打棒球怎么样？"拉什迪说，"我对棒球特别着迷。"

"有一种扑克打法就叫棒球。"总统说。

"我想弄张追杀令①。"雷卢说。

雷卢坐在桌子上俯视萨尔曼·拉什迪。

"怎么搞追杀令？"雷卢问。"我想要一张。"

"你是个无聊的笨蛋。"总统冲雷卢说。

"你故意这么说是想激怒我。"雷卢说。

"我叫萨尔曼·拉什迪。"萨尔曼·拉什迪说。

安德鲁不想答理任何人。

他起身去卫生间。

外星人堵在过道。

---

①此处特指伊斯兰教追杀令。1989 年，拉什迪因《撒旦诗篇》遭伊朗精神领袖阿亚图拉·鲁霍拉·霍梅尼的追杀。

171

安德鲁害怕得坐了回来。

熊从麋鹿身上掉下来。

还没等着地，熊就在半空消失了。一转眼工夫，熊又出现在萨尔曼·拉什迪腿上。

熊把毯子盖在萨尔曼·拉什迪头上。

一天晚上，安德鲁到图书馆上班。按规定只能休息一小时，可他歇了两小时也没被人发现。同样的事儿他干了好几回。第二周，同事们合伙把他揭发了，于是安德鲁被炒了鱿鱼，没过多久就成了穷光蛋。在回佛罗里达的飞机上，他琢磨自己为什么没朋友。他想得头昏脑涨，思维混乱，困顿间他意识到——如同一则早已寻不到出处的老掉牙的人生启示，被涂抹得面目全非，只剩下模糊的外壳，甚至不及一次心血来潮启发人心——地球是大石头，太阳则是被点着的大石头。生命犹如一场小灾难，小到不被察觉和拯救，却又真实存在，无法忽视，正因如此，生命被困在一团团消殒的光晕之中，关在一扇又一扇大门之外，藏在一张又一张美丽面孔之下；一切无疑都是真的；一切或许都是真的。安德鲁闭上眼，听发动机的轰鸣声。他想象飞机掉到地上。一连串连锁反应在脑海里上演，坐在飞机里的人们表情夸张，眼皮和嘴

172

唇疯狂扭曲——安德鲁不知道这样想对不对，假如真是这样，他依旧会觉得这些表情动作是在表演。在佛罗里达，安德鲁和父母住在一起。他在达美乐比萨店找了份工作。他曾经在那儿做过暑期工。八月，父母搬到德国老家去了。一天晚上，安德鲁躺在自己小时候睡的床上，他想到了死。于是哭起来。他起身打了一会儿鼓，感觉好多了。他打鼓打得不赖。应该组个乐队。他父母在美国没有朋友。他们给安德鲁留下一栋房子和两条老狗。安德鲁经常找高中同学史蒂夫玩儿。史蒂夫有三个妹妹，其中一个叫埃伦。史蒂夫很搞笑。不久前，史蒂夫的妈妈在空难中死了。史蒂夫没工作。他们常和高中同学一起打扑克。有时，他们开车去卡纳维拉尔角①的赌船上玩扑克和二十一点。偶尔，史蒂夫弹弹吉他，安德鲁敲敲鼓。十一月的天阴沉沉的。安德鲁到史蒂夫家找他。史蒂夫正在切西红柿和大蒜，他准备做意大利面。"我现在心情不错。"史蒂夫说。安德鲁走到客厅，透过玻璃推拉门朝外看。埃伦正在后院散步。她摔了一跤，起身时发现安德鲁正看着自己。她白了安德鲁一眼。安德鲁有点尴尬，于是回到厨房。史蒂夫站在灶台边。"史蒂夫。"他叫道。史蒂夫回过头，表情怪异。安德鲁看了哈哈大笑。"你的眼神看上去含情脉脉的。"他说。

---

① 位于佛罗里达州布里瓦德县大西洋沿岸的狭长陆地。

史蒂夫一直微笑地看着他，把安德鲁吓坏了。他走进埃伦房间，躺在床上。

他从没进过埃伦的房间。

如果现在她推门进来，他会告诉埃伦自己很害怕。

他有点孤独。但这感觉还不错。

那时正值十一月。

他把毯子往上拽了拽，蒙住头。他听见史蒂夫在厨房里刷碗，随后是微波炉的转动声，安静了一会儿，又从电视里传来一阵欢呼。

图书在版编目（CIP）数据

啤啤啤 /（美）林韬著；王彦达译. —北京：新星出版社，2011.5

ISBN 978-7-5133-0265-4

Ⅰ. ①啤… Ⅱ.①林…②王… Ⅲ. ①长篇小说－美国－现代 Ⅳ.①I712.45

中国版本图书馆CIP数据核字（2011）第072493号

EEEEE EEE EEEE
By Tao Lin
Copyright © 2007 Tao Lin
This edition arranged with Melville House Publishing
through Big Apple Agency, Inc., Labuan,Malaysia.
Simplified Chinese edition copyright © 2011 New Star press
All rights reserved.

著作权登记图字：01-2011-2048

啤啤啤

（美）林韬 著；王彦达 译

责 任 编 辑：战　丹
责 任 印 制：韦　舰
装 帧 设 计：九　一

出 版 发 行：新星出版社
出　版　人：谢　刚
社　　　址：北京市西城区车公庄大街丙3号楼　100044
网　　　址：www.newstarpress.com
电　　　话：010-88310888
传　　　真：010-88310899
法 律 顾 问：北京市大成律师事务所

读 者 服 务：010-88310800　service@newstarpress.com
邮 购 地 址：北京市西城区车公庄大街丙3号楼　100044

印　　　刷：北京佳顺印务有限公司
开　　　本：910×1230　1/32
印　　　张：5.625
字　　　数：54千字
版　　　次：2011年5月第一版　2011年5月第一次印刷
书　　　号：ISBN 978-7-5133-0265-4
定　　　价：21.00元

版权专有,侵权必究;如有质量问题,请与出版社联系更换。